小木屋的故事系列

梅 溪 边

（插图版）

[美]罗兰·英格斯·怀德◎著

李静◎译

吉林美术出版社 | 全国百佳图书出版单位

图书在版编目（CIP）数据

梅溪边：插图版 / (美) 罗兰·英格斯·怀德著；
李静译. -- 长春：吉林美术出版社，2023.5
（小木屋的故事系列）
ISBN 978-7-5575-5660-0

Ⅰ. ①梅… Ⅱ. ①罗… ②李… Ⅲ. ①儿童小说 – 长
篇小说 – 美国 – 现代 Ⅳ. ①I712.84

中国版本图书馆CIP数据核字（2020）第130864号

小木屋的故事系列　梅溪边
XIAO MUWU DE GUSHI XILIE　MEIXI BIAN

出 版 人　华　鹏
作　　者　[美]罗兰·英格斯·怀德 著
译　　者　李　静
责任编辑　栾　云
装帧设计　张合涛
开　　本　680mm×960mm　1/16
印　　张　13.5
字　　数　170千字
版　　次　2023年5月第1版
印　　次　2023年5月第1次印刷
出版发行　吉林美术出版社
地　　址　长春市净月开发区福祉大路5788号
邮　　编　130118
印　　刷　天津海德伟业印务有限公司
书　　号　ISBN 978-7-5575-5660-0
定　　价　48.00元

目 录

contents

第一章

地上有一道门

　　模模糊糊的车轮印停在了大草原上。爸勒住了马。

　　车子刚一停下，杰克赶忙躲到车轮间的阴影下休息。它的前腿向前伸着，肚皮贴在草地上，鼻子拱进草丛中的小洞里。它全身都放松下来，只有耳朵还立着，时刻保持着警觉。

　　一连好几天，杰克都跟在马车的旁边奔跑赶路，从印第安保留区的小木屋出发，穿过了好几个州——堪萨斯、密苏里、艾奥

瓦，现在终于到了明尼苏达州。只要马车一停下来，它就赶紧趴下来休息。

车里的罗兰和玛丽坐了很久，腿都麻了。车子一停，她俩就迫不及待地跳了起来。

"应该就是这里！"爸说，"从尼尔森家出发，沿着小溪走半英里 ① 就该到了，我们已经走了半英里，那条小溪就在前面。"

罗兰没看到小溪，只看到长满草的堤岸，堤岸边的一排柳树随风摇曳着树梢。郁郁葱葱的青草在风中如海浪一般涌动，延伸到天际。

"那好像是个牛棚，"爸一边说，一边向篷车四周张望，"可是怎么找不到房子呢？"

突然，一个陌生人不知道从哪儿冒了出来，悄无声息地站在篷车旁，把罗兰吓了一跳。他长着一头淡黄色的头发，圆圆的脸像印第安人一样红，眼神苍白无力，好像得了什么病。杰克向这个陌生人低吼起来。

爸叫住了杰克，然后问那个男子："你是汉森？"

"是的。"男子应道。

爸用洪亮的声音慢慢地说道："我听说你正打算搬去西部，所以急着卖掉这个地方，是吗？"

那个叫汉森的男子打量半天篷车，又瞧了瞧两匹马——佩特和帕蒂。过了好一会儿，他才回答说："是的。"

爸跳下篷车。妈说："孩子们，你们坐了这么长时间，一定累坏了，赶紧下去跑一跑吧！"

罗兰踩着车轮爬下来的时候，杰克也站了起来。但没有爸的准许，它不敢擅自离开这里。它望着罗兰向那边的一条小路跑去。

① 1 英里 =1.609344 公里。

沿着小路穿过草丛就走到了河堤边上，再往下就是小溪。阳光下的小溪波光粼粼。刚才从远处看到的那排柳树就长在小溪的对岸。

到了河堤前方，小路便转了个弯，斜斜地沿着河堤向前延伸着。

罗兰沿着小路小心地往前走着。堤岸越来越高，她连马车都看不到了，只看见头顶上高高的天空，听见溪水在她脚下呢喃细语。小路的尽头是一块宽阔的平地，一级一级台阶向下通到小溪。

罗兰看到了一道门。它立在草坡上，就在小路尽头的拐弯处，看上去像是一间房屋的门，但是门后面的东西都掩藏在了地下。门紧紧关着，有两只模样凶猛的大狗趴在门前看守，它们远远看见罗兰，便警惕地站了起来。

罗兰吓得沿着小路飞也似的跑回篷车那里，松了口气。她悄悄对玛丽说："我在河边的地上发现了一道门，还有两只狗……"她扭头一看，那两只狗正朝她们跑过来。

杰克在马车下发出低沉的咆哮声，它朝着那两只狗露出了锋利的牙齿。

"那是你的狗吗？"爸问汉森。男子转过身，朝着两只狗喊了几句。罗兰没听懂他在说什么，不过两只狗却能听懂，马上乖乖地一前一后消失在河堤的尽头。

爸跟着汉森先生朝牛棚走去。这个牛棚有点儿小，不是用木头搭的。墙壁和棚顶上的草也长得郁郁葱葱，随风起舞。

罗兰和玛丽就站在篷车旁，杰克守在她们旁边。她们望着草原上随风摇曳的野草，星罗棋布的黄色野花点缀其间，小鸟时而飞上高空，时而落入草丛。天空在遥远的地方与地连接在了一起。

不一会儿，爸和汉森先生回来了。她们听到爸说："汉森先生，我们明天就去镇上办手续，今晚，我们就在这里扎营了。"

"好啊，好啊！"汉森连忙答应。

爸把玛丽和罗兰抱进了篷车，然后把车驾到草原上。爸告诉妈，他用佩特和帕蒂换来了汉森的土地，又用邦尼和车篷换来了汉森的庄稼和耕牛。

爸给马卸下了缰绳，牵着它们去小溪边饮水，直到它们喝得饱饱的，然后把它们拴在了木桩上。罗兰没心思玩耍，安安静静地待在一旁。晚上，一家人围在篝火旁吃饭，罗兰一点儿胃口也没有。

"今晚是最后一次在外面露宿了。"爸说，"明天我们就可以住进小溪边的房子里了，卡洛琳。我们终于能安顿下来了。"

"可那只是一个地洞，查尔斯！我们还从来没住过地洞呢！"妈说。

"你会发现里面其实非常干净。"爸说，"挪威人很爱干净，再说，到了冬天没有比住在地洞里更暖和的了。"

"也对，好歹在下雪前算是安顿下来了。"妈说。

"住在这里只是暂时的，等我收割完第一茬麦子，我们就会拥有一幢漂亮的房子了。"爸说，"走运的话，还会有几匹马，甚至有辆马车呢！卡洛琳，这里土壤肥沃，地里找不到一棵树、一块石头，绝对是种植麦子的好地方。我真搞不懂汉森怎么只开垦了那么一小块地，而且你看他种出来的小麦轻飘飘、干瘪瘪的。依我看这个人根本就不懂种庄稼。"

在火堆的旁边，佩特、帕蒂和邦尼正悠闲地吃着草。它们啃断青草，发出清脆的响声，然后再仔细地咀嚼，时不时抬起头注视着夜空中闪烁的星星。它们惬意地摇着尾巴，压根儿不知道自己已经换了主人。

　　罗兰心里想着，自己已经七岁了，不是个小女孩了，不应该随便哭鼻子，但她还是忍不住问："爸，你非得把佩特和帕蒂交给汉森先生吗？难道就没有别的办法吗？"

　　"我的小姑娘，你这是怎么啦？"爸伸出手，一把把罗兰搂进怀里。"佩特和帕蒂都是印第安小马，它们天生喜欢旅行。耕田对它们来说实在太辛苦了，还不如让它们去西部旅行，这不是更好吗？你肯定也不想看到它们吃苦受累。而咱们换到的那些大公牛有的是力气，可以开垦大片的耕地，明年春天就可以播种小麦啦！等秋天小麦丰收了，我们就能赚到好多钱，到时候，我们就又有马了，还有新衣服，想要什么都能买到啦！"

　　罗兰一言不发地靠在爸怀里，心里舒服了一些。不过她宁愿什么都不要，只要把佩特、帕蒂和长耳朵的小邦尼永远留在身边，永远不分开。

第二章
住进土屋

第二天一大早，爸就帮着汉森先生在马车上支起了弓形支架，装好了帆布车篷，接着又把土屋里的所有东西搬了出来，装进了支着帆布篷的马车上。

汉森先生也想帮爸把东西搬进土屋，却被妈拦住了："别麻烦人家啦，查尔斯，等你回来我们再一起搬进去吧！"

爸把佩特和帕蒂套在汉森先生的马车前面，又把邦尼系在马车后面，同汉森先生一起驾车去镇上了。

罗兰依依不舍地目送佩特和帕蒂远去。她眼眶红红的，声音哽咽起来。佩特和帕蒂高高地拱着脖子，鬃毛迎风飘摇。它们肯定没想到自己再也不能回来了。

柳树下，小溪在金色的阳光下欢乐地吟唱，岸上的青草在微风的吹拂下弯下了腰。马车四周是一片开阔宁静的原野。

罗兰把拴在车轮上的杰克放开了。汉森先生已经带着他的两只狗走了，杰克可以随心所欲地四处乱跑了。它一获得自由就兴奋地朝罗兰扑了上去，想亲亲她的小脸蛋，罗兰一个趔趄坐在了地上。杰克撒起了欢，罗兰在它后面追着。

妈抱起小卡琳，说："来吧，玛丽，我们先去地洞里看看。"

杰克率先冲到门前，朝里面看了看，然后乖乖地站在门口等着罗兰。

门前爬满了绿色的藤蔓，姹紫嫣红的喇叭花竞相开放，有紫的、粉的、白的、红的、蓝的，还有带着斑纹的，它们仿佛正在为清晨的缕缕阳光唱着赞歌。

罗兰弯腰从藤蔓间钻了进去，她看到里面只有一个房间，墙壁刷得雪白，坚硬的地面也十分平滑。

由于妈和玛丽站在门口，挡住了光线，地洞里就变暗了。门边有一扇窗户，上面糊着一层油纸，可是土墙太厚，所以阳光透过窗子就只能照射到窗边的一小块地方。

开了门的那堵墙是用草皮堆砌起来的。应该是汉森先生挖好这间房子后，把草原上的泥土连带青草一块一块地铲回家，然后堆砌起来做成了这堵墙。这堵墙非常严密厚实，一点儿缝隙也没有，寒气根本没法钻进屋子里。

妈满意地说："屋子虽然小了些，不过收拾得很干净，我很喜欢。"她抬起头向屋顶看去，惊讶地说："你们看啊！"

原来洞顶是用干草铺成的。天花板由纵横交错的柳条编织而成，铺在上面的干草从枝条间露了出来。

她们沿着小路走上去，站到了屋子的房顶上。之前谁也没有想到这是一个屋顶。屋顶上长着一大片青草，随风摇曳，和小溪岸边的青草一样。

"天啊！"妈说，"谁走在上面，也想不到下面会是个屋子呢！"

罗兰突然注意到了什么。她弯下身子，用手拨开草丛，惊呼起来："快来看，这肯定是用来装烟囱的洞！"

妈和玛丽都围了过去，杰克也跑过来凑热闹，连卡琳也从妈的怀抱里探出头，好奇地看着。透过这个洞，她们能清楚地看见青草下面刷得雪白的小屋。

她们出神地看了一会儿，直到妈说："我们得赶在爸回来之前把这个地方清扫一下。玛丽、罗兰，你们去拿水桶。"

玛丽和罗兰分别拎着一大一小两个水桶，又沿着小路走下去。杰克在她们前面跑着，然后在门口蹲下看守。

妈在屋角找到一把用柳条扎成的扫把，把墙壁仔细地扫了一遍。

玛丽留下来照看卡琳，以免她掉进小溪里。罗兰则拎着小水桶去溪边打水。她一蹦一跳地跑下台阶，顺着溪上用一块宽木板架起的小桥，走到了桥的尽头。

柳絮漫天飞舞，高大的柳树垂下细密的枝条，还有一些小柳树也不甘示弱地竞相生长。光秃秃的小路被树荫遮挡着，十分凉

爽。小路穿过绿荫，通向一眼泉水。清冽的泉水从这里缓缓流进一个小水池，再形成涓涓细流汇入小溪。

罗兰用小桶打满水，回身走过木板桥，走上台阶。就这样，她来来回回跑了好几趟才把大桶装满水。

然后罗兰又帮妈把能拿得动的东西搬进屋。等爸回来时，她们差不多把全部家当都挪进屋了。

爸带回来两根排烟管和一个小锡炉。"我拎着这么些东西走回来，不一会儿就到家了。这真是太棒了，卡洛琳！"爸一边放下东西一边说，"小镇离这里只有三英里，我们没事散散步就能溜达到小镇了！汉森先生去了西部，这儿属于我们了！你喜欢这儿吗，卡洛琳？"

"很喜欢。"妈说，"不过，我们的床铺该安置在哪儿才好呢。我可不想睡在地上。"

"睡在哪儿不一样？"爸问道，"我们这一路上不都是打地铺的吗？"

"现在可不一样了。"妈说，"有了房子，就不能再那么将就了。"

"好吧，这个问题很好解决。"爸说，"我这就去砍些柳树枝条铺在地上，今晚就把褥子铺在柳树枝条上凑合一下。明天我再去砍一些直直的树干，打两个床架。"

爸提着斧头，一边吹着口哨一边沿着小路经过房顶，走下斜坡，走到小溪边。那边有一个小河谷，岸边长着很多柳树。

罗兰跑着追上爸，喘着气说："我想给你帮帮忙！我可以拿些柳枝。"

"哦，你总是能帮上大忙呢！"爸说，他低下头冲罗兰眨了眨眼睛，"一个人要干一件大事，随时都可能需要别人的帮助。"

爸经常夸奖罗兰是自己的得力助手。在印第安保留区，就是罗兰帮爸做好了小木屋的门。现在，她又帮爸把柳枝搬回土屋，铺在地上。接着，她又跟着爸去了牛棚。

牛棚的墙也是用成块的草泥垒起来的，棚顶是用柳枝和干草铺成的，上面盖着一层草泥块。牛棚很矮，爸都无法直起身子。牛棚里的饲料槽是用柳树干做成的，旁边拴着两头牛。体型较大的那头大公牛是灰色的，长着短短的角，眼神很温和。小一点儿的那头牛长着一对长长的尖角，眼神有些凶，身上布满红棕色的斑纹，闪闪发光。

"皮皮老兄，你好啊！"爸轻轻拍了拍大公牛，跟它打了个招呼。

"你怎么样啊，亮亮？"爸又问候那头小公牛。

"离它们远点儿，罗兰！"爸说，"现在我们还没摸清它们的脾气，得小心一点儿。先带它们去溪边喝水吧。"

爸用绳子套在牛角上，牵着它们走出牛棚。两头牛慢悠悠地跟在爸的身后，顺着小路走下斜坡，来到一条平坦的小路上，穿过一片绿油油的灯芯草地，就到了小溪边的一块平地上。罗兰跟在牛的后面慢慢走着。它们走起路来十分笨拙，大蹄子中间有道裂缝，宽大的鼻子黏糊糊的。

喝了水之后，爸又牵着两头牛走回牛棚。这时候罗兰就耐心地在外面等候，然后跟着爸走回土屋。

"爸，"罗兰小声问，"佩特和帕蒂真的喜欢去西部吗？"

"当然，罗兰。"爸说。

"爸！"罗兰的声音颤抖起来，"我想，我不太喜欢牛。"

爸拉住罗兰的手，轻轻拍着她，安慰道："罗兰，我们不应该总是抱怨、发牢骚，应该去做的事就要高高兴兴地做好它。我保证，过些日子，我们还会有马的。"

"那要等到什么时候呢？"罗兰问。

"不会很久，等明年我们的第一茬小麦收获的时候。"爸说。

土屋里，柳枝上已经铺好了被褥，一切被收拾得井井有条，晚餐也做好了。妈心情愉快，已经给玛丽和卡琳梳洗干净了。

晚餐后，全家人到屋外的小路上乘凉。爸和妈坐在小木箱上，卡琳依偎在妈身上打瞌睡。玛丽和罗兰坐在硬硬的路面上，腿悬在陡峭的路沿上。杰克打了三个转儿才在罗兰身边趴下，头枕在她的膝盖上。

他们静静地坐着，欣赏着梅溪对岸的一排排柳树。远处的西边，草原的另一头，太阳正在缓缓落下。妈深深地叹了一口气，说："这里多么安静、祥和。从今晚开始，我们终于不用再听狼嚎了。哎，好久都没有过这么安静的夜晚了。"

爸缓缓地说："是啊，我们很安全。在这里什么危险都不会有啦！"

薄暮中，柳树在风中细语，溪水在低声呢喃。大地被一片深灰色所笼罩，繁星在天上顽皮地眨着眼睛。

"晚安啦。"妈招呼大家睡觉，"这里的一切多么新奇啊，我们还从来没在土屋里睡过觉呢！"妈开心地说着，爸也会心地笑了。

罗兰躺在床上难以入眠。她听着外面柳树被风吹得沙沙作响，开始怀念过去狼的嗥叫声。她不愿意睡在这个土屋里，即便这个土屋很安全。

第三章
菖蒲和灯芯草

每天早晨，玛丽和罗兰整理好床铺，洗干净碗盘，再打扫完地面，就可以去屋外玩了。

门口那一片喇叭花竞相从绿叶丛中探出脑袋，争奇斗艳。梅溪两岸到处可以听到鸟儿的唧啾，偶尔会有一只鸟儿唱起歌来，但大多数鸟儿们像是在聊天。一只鸟儿说："啾啾、啾啾！"另一只鸟儿应答："叽叽、叽叽！"随后又有一只鸟儿笑了起来。

罗兰和玛丽走过屋顶，沿着爸牵牛饮水的那条小路向下走。

小溪边长满了茂密的菖蒲和灯芯草。菖蒲在每天清晨都会开出新的花朵来。深蓝色的菖蒲花在绿色的灯芯草丛中非常惹眼。

每一株菖蒲都有三片如天鹅绒般的花瓣，朝下弯曲着，看起来就像姑娘们参加舞会穿的篷裙。三片起褶的花瓣从菖蒲的中间部分长出来，又弯曲下来合在一起。罗兰向花瓣里看去，看见三根细长的白色花蕊，每一根花蕊上都有一条金色的花丝。

偶尔会飞来一只大黄蜂，"嗡嗡"地在花丛中转悠。

梅溪堤岸边到处飞舞着淡黄色和浅蓝色的蝴蝶，时而飞入花丛中吸食花蜜。这里地势很平坦，泥土柔软潮湿。罗兰和玛丽沿着小路走着，稀泥从脚趾缝间冒出来。玛丽、罗兰和牛儿走过的足迹里，都留下一汪汪小小的水坑。

当她们踏进小溪之后，就看不到脚印了。每一步踩下去，一股轻烟般的漩涡从脚底冒出来，然后清水很快把它淹没，脚印也慢慢消失了，脚下感觉滑溜溜的，脚跟后留下一个个小小的浅坑。

溪水里有许多小鱼，这些鱼实在太小了，在水下游动时，如果不是它们银白色的肚皮偶尔闪着银光，真的很难看见。罗兰和玛丽一动不动地站在水里，这些小鱼迅速围了上来，轻轻地咬她们的脚丫，让她们觉得脚上痒痒的。

水面上还有许多水虫在滑行，它们长着长长的腿，每只脚都会在水面划出一道道涟漪。它们滑得太快了，一瞬间，就滑到了很远的地方。

灯芯草在风中发出了狂躁而孤寂的声响。它们不像别的小草那样柔软、平顺，而是长得坚硬、光滑，一节连着一节。有一天，罗兰一脚踩进了深水处，慌乱之中她抓住了岸上一根粗壮的灯芯草，想爬上河堤，没想到灯芯草竟然发出了吱吱的声响。

罗兰被吓了一跳。她又抓住了另一根，出乎意料的是，这根也"吱"地响了一声，然后"叭"的一声折断了。灯芯草的茎秆是空心的，一节一节相连接。你拉开它们时，管子就会发出声响。

玛丽和罗兰会故意拉开灯芯草的细管子，让它们发出声响。然后她们把拉断的细管子一节一节地连接在一起串成项链；她们还把粗一些的管子接成一根长长的管子，插进水里，"咕咕"地吹水泡，把鱼群吓得四散逃窜；口渴了，她们就用吸管吸水喝。

罗兰和玛丽玩到吃饭时间才回家，浑身都是水和泥浆，脖子上挂着绿色的项链，手上拿着一根长长的绿管子，那副模样把妈逗得哈哈大笑。

"瞧瞧!"妈说,"你们俩成天待在水里,都快变成水虫子啦!"她们给妈带回了一束盛开的蓝色菖蒲,妈把菖蒲摆放在桌子上做装饰。

爸和妈允许孩子们在小溪里随便玩,不过,爸禁止她们去那个长满柳树的小溪谷上玩,哪怕远远地望一下也不行,因为那里有一处幽暗的深水潭,非常危险。不过爸许诺,有时间会亲自带她们去看看。

第四章
深 水 潭

罗兰和玛丽在土屋里换上打着补丁的旧衣服。妈戴好遮阳帽，爸抱着卡琳，一家人一起走出屋子。

他们顺着牵牛饮水的小路绕过灯芯草地，穿过柳树溪谷和茂密的梅树林，走下一道陡峭的堤岸，越过荒草丛生的平地，最后来到光秃秃的土墙前面。

"那是什么，爸？"罗兰问。

"那是台地。"爸回答。

爸走在前面，拨开高高的青草为大家开路。当他们穿过这片草丛，小溪便出现在眼前。

波光粼粼的溪水欢快地跳过白色的碎石，顺着长满矮草的堤岸转了一个弯，流进了宽阔的水潭。水潭对岸是一排排高大的柳树，随风摆动的样子映在了平静的河面上。

妈抱着卡琳在岸边坐下，玛丽和罗兰兴奋地蹚进水潭里。

"靠着岸走，姑娘们！"妈说，"千万别走进深水区去！"

水渐渐漫到她们的裙子上，裙摆在水面上漂浮起来。不一会儿，湿透的印花布裙紧紧地贴在了她们腿上。罗兰越走越远，水越来越深，快到她的腰部了。她蹲下身子，水淹到了她的下巴处。四周都是水，罗兰觉得身子变得轻飘飘的，水的浮力让她的双脚已经站立不稳了。她情不自禁地往前一跳，展开双臂划起水来。

"啊，罗兰，不许划水！"玛丽大叫起来。

"别再往前去了！罗兰！"妈使劲儿嚷道。

罗兰没有听，她用力一划，水花乱溅，身子浮了起来。她的手臂在水里一通乱划，头一下扎进水中。罗兰心里一惊，周围全是水，没有什么东西可以抓。她使劲儿挣扎着，突然一下子就站了起来，水顺着她的身上流下来。

没有人注意到刚才那一幕，玛丽正在卷裙子，妈在逗卡琳，爸走进柳树林不见了身影。

罗兰继续往前走，水淹没了她的腰，又一直淹到了腋下。

突然，她的一只脚被什么东西猛地一下拉住了，整个人都掉进了水里，无法呼吸，什么也看不见。她慌了神，双手拼命乱抓，可什么也抓不住。水灌进了她的耳朵、眼睛和嘴巴里。

紧接着，她觉得自己被举了起来，头露出了水面。爸正抱着她呢！

"嗨，小丫头。"爸说，"怎么样，被水淹的滋味好受吗？你走得太远啦！"

罗兰只顾大口大口地喘气，什么也说不出来。

"妈让你靠着岸边走，你没听到吗？"爸说，"你应该尝尝溺水的滋味，下次你就能记住了。"

"好……好的！"罗兰结结巴巴地说道，"不过，爸，你……你能不能再让我淹一下？"

"哈哈，当然可以。"爸说，他响亮的笑声在溪谷回荡着。

"你刚才被水淹难道不害怕吗？"爸问罗兰。

"怕……我可害怕了！"罗兰喘着气说，"不过，爸，求你再来一次可以吗？你是什么时候钻进深水里去的呢？"

爸告诉罗兰他是从柳树林那边潜水过来的，然后带着她回到了岸边。

整个下午，爸一直陪着玛丽和罗兰在水中嬉闹。他们蹚着水打水仗，每当罗兰和玛丽走进深水区，爸就会把她们拖到水下，让她们尝尝溺水的滋味。玛丽被水淹了一次就变乖了，罗兰却觉得淹水才是最有意思的游戏。

转眼就到了该回家的时间。一路上他们浑身滴着水穿过高高的草丛。经过台地时，罗兰央求爸让她爬上去看看。爸沿着峭壁往上爬，然后再拉着罗兰和玛丽上去。盘结的草根从头顶上凸出的高地边缘垂落下来。爸一把把罗兰举到了台地上。

这地方土地干爽光滑，真像一个大平台，地面在深深的草丛里高高地隆起。平台上长着短短的草，十分柔软。

爸、罗兰和玛丽站在高高的台地上，眺望远方，目光越过高高的草丛，越过深水潭，看着一直延伸到天边的茫茫草原。然后他们从台地上滑下去，回到低地，走上回家的路。这真是个有趣的下午。

"姑娘们，今天是不是很开心！"爸说，"但是，你们千万记住，如果没有我陪着，绝不能自己靠近深水潭半步！"

第五章
奇怪的动物

到了第二天，昨天发生的一桩桩趣事还萦绕在罗兰脑海里。她在想高高的柳树下的潭水，但她答应爸绝对不能独自走近那里。

爸一大早就出门了，玛丽陪妈待在土屋里。罗兰自己在烈日炎炎的户外玩耍。蓝色的菖蒲已经枯萎，灯芯草也褪色了。她沿着小路穿过柳树溪谷，来到草原上，这里有很多黄色雏菊和秋麒麟草。

太阳炙烤着大地，连风都是火辣辣的。罗兰突然想到那个台地。昨天还没有玩够，爸可没说禁止她去那里。

罗兰快速跑下陡峭的堤岸，穿过高高的草丛，来到了台地。台地高高地耸立在眼前，罗兰想凭自己爬上去好像非常困难。脚底下的土块不断滑落，她用膝盖顶着石壁，手紧紧抓住草丛，使劲儿往上爬，衣服都被弄脏了。泥沙黏在了潮湿的皮肤上，又痒又难受。终于，她的肚子贴在了平台边缘，她双手用力一撑，爬到了上面。

罗兰蹦起来，眺望柳树树荫下的深水潭。想着那清凉的泉水，她突然觉得口渴。不过，她提醒自己决不能去那里。

昨天和爸在这儿的时候，觉得这个平台特别有趣，可现在，罗兰才发现这儿空荡荡的，只不过是一片平地，一点儿也不好玩。罗兰越来越渴，想赶紧离开这里回家喝口水。

罗兰顺着台地的陡坡滑下来，往土屋走。高高的草丛中又闷又热，她渴得难以忍受，可土屋还很远。

罗兰拼命克制着不让自己走向那个阴凉的深水潭，可是她突然一转身，飞快地往那里跑去。她想，自己只是去看一眼，就不会口渴了。然后她又想，只要不走进深水区，靠在岸边蹚蹚水也没人知道。

她沿着爸开辟出来的小路奔跑着。

突然，一只小动物出现在罗兰眼前。

罗兰一惊，猛地停住。她从来没有见过这种动物。它的个头和杰克差不多，不过腿很短。它身上的毛很长，是灰色的，扁平的头上长着一对小小的耳朵。它抬起头，用凶狠的目光盯住罗兰。

罗兰也死死地瞪着它那张奇怪的脸。就在她和它静静地互相瞪着对方时，那只动物突然把身子伸展开，紧紧贴在地面上，越变越扁，最后竟然平摊在地上，不仔细看还以为是一张灰色毛皮，只有一对瞪着的眼睛在告诉罗兰这是一只活生生的动物。

罗兰小心翼翼地蹲下身，捡起一根柳树枝防身。她向前探着身子，仔细打量那个奇怪的家伙。

罗兰继续一动不动地看了一会儿，那只动物也一动不动。她想，要是用柳树枝轻轻戳它一下，它会不会变成其他形状呢？罗兰这样想着，就用柳树枝碰了它一下。

那个家伙突然发出了令人毛骨悚然的咆哮声，露出锋利的牙齿，差点儿咬到罗兰的鼻子。

罗兰跳起来拼命狂奔，一直跑回土屋，才停下了脚步。

"天啊！"妈说，"罗兰，大热天里疯跑，小心生病啊！"

这时，玛丽像淑女一样端坐在椅子上，拿着书认真地拼读。玛丽一向如此乖巧。

罗兰有点儿惭愧，她知道自己违背了对爸的承诺。不过除了她自己，没有人知道她曾想去那个深水潭，只有那个可怕的动物知道，不过，它不会说话。虽然如此，罗兰还是觉得心里很难受。

那天晚上，罗兰躺在玛丽身边，怎么也睡不着。她听着爸在屋外奏响了轻柔的小提琴曲。

"罗兰，快点儿睡觉。"妈轻声地说。一切是那样温馨美好，罗兰越发觉得惭愧。她违背了对爸许下的诺言，违背诺言和撒谎一样可耻，要是被爸知道了，一定会处罚她的。

星光下，爸依然在安静地拉着琴，琴声优美而欢畅。爸一定以为罗兰是一个乖孩子呢。罗兰终于忍不住了！

她穿着睡衣，戴着睡帽，光着脚丫走过冰凉的地面，来到爸的身边。爸用琴弓在琴弦上拉出了最后几个音符，罗兰感到他正低下头对她微笑。

"我的宝贝，你怎么啦？你穿着白衣站在黑暗中，真像一个小精灵。"

"爸，"罗兰颤抖着声音小声说，"我……今天差一点儿去了深水潭。"

"什么！"爸叫起来，接着问道，"那你最后为什么没去呢？"

"我遇到了一只奇怪的动物。"罗兰小声说，"它长着灰色的长毛，会变得扁扁的，吼叫起来很吓人。"

"它有多大？"爸问。

罗兰把那只动物的模样详细地描述了一番。

"那一定是一只獾。"爸告诉她。

爸沉默了好一段时间，罗兰不安地等待着。黑暗中，她看不清爸的表情，但是靠在爸的膝盖上，她能感觉到爸非常慈祥，非常强壮。

"好了。"爸终于说道，"我真不知道该如何是好了。你知道我一直是信任你的，对不对？你知道人们会怎样对待一个不值得信任的人吗？"

"怎么……怎么对待呢？"罗兰有些害怕地问。

"就是要盯紧这个人。"爸说，"所以我得让大家把你盯紧一点儿。明天，我要去尼尔森家干活儿，你必须跟着你妈，不许离开半步。如果你一整天都很听话，你就有机会重新做一个值得我们信任的小女孩。"

"卡洛琳，这样可以吗？"爸问妈。

"好的，查尔斯，"妈在黑暗中站起身说，"我明天会好好看着她的。不过，我相信她一定会表现很好的。现在都赶紧回屋睡觉吧。"

第二天对罗兰来说不能更糟了。

妈一直忙着缝补衣服，罗兰不得不待在土屋里，也不能去提水，这个活儿只好换玛丽来做，因为她不能离开妈的视线。罗兰看着玛丽带卡琳去草原散步，真是羡慕得不行。

杰克不停地朝罗兰摇晃着尾巴，它跳到小路上，回过头来看着罗兰，竖起耳朵，央求她出来一起玩。它不明白罗兰为什么不出来。

罗兰在土屋里也闲不住，就自己找些活儿干，清洗盘子，打扫地板，还摆好了桌子。午饭时，她坐在自己的凳子上埋头吃饭，妈让她吃什么就吃什么。吃完饭，她又清洗了所有的盘子，然后，又帮着妈一起缝补床单。罗兰把床单磨破的地方撕开，妈就在这个部位贴上一块布，让罗兰用细针把接缝一针一针地缝起来。

罗兰忽然开始担心这接缝永远也缝不完，而这一天永远也过不完了。

终于挨到了做晚饭的时间，妈对罗兰说："你今天表现很乖。明天我们一起去找那只獾，感谢它的救命之恩吧，多亏它你才没被淹死。要是到了深水潭，你一定会跑到水里去玩，那么后果不堪设想。"

"好的，妈。"罗兰说。她知道妈说得没错。

这一天就这样过去了，罗兰没看见草原上的日出，也没看见蓝天上的白云。喇叭花已经凋谢了，菖蒲花也枯萎了。她也没看见溪水和小鱼，更别说看到在水面上滑行的水虫了。她终于明白：和整天被人盯着比起来，她宁愿选择做个听话的乖孩子，虽然这对她来说并不容易。

第二天一大早，妈带着罗兰一起去找那只獾。她把遇到獾的地方指给妈看。妈在旁边的草丛里发现了一个洞，洞口圆圆的，说不定獾就藏在里面。罗兰朝着洞口叫了几声，还用柳枝伸到洞里捅了捅。

不过，罗兰觉得，即使那只獾就在里面也不愿意出来吧。打那儿以后，灰色的獾再也没有出现。

第六章
玫瑰花环

牛棚旁边的草原上有一块长条形的灰色巨石，横卧在青草和野花丛中。扁平的石面很光滑，而且非常宽阔，足够罗兰和玛丽并肩在上面跑步。

石头边缘爬满了带皱褶的灰绿色苔藓，迷路的蚂蚁慌慌张张地爬过，还有蝴蝶会停在上面歇息片刻。罗兰最喜欢看蝴蝶了，它们那丝绒般的翅膀总是有节奏地一张一翕，好像在随着呼吸起伏。每当这时，她就能仔细地观察蝴蝶的细腿、轻微颤动的触须和它那鼓出来的圆圆的眼睛。

但罗兰从来没想过要把蝴蝶抓在手里玩。因为她知道蝴蝶的翅膀被一层细小的鳞粉覆盖着，轻轻一碰鳞粉就会掉落，这样蝴蝶就会受伤。

明媚的阳光把灰色巨石照得热热的，草原上随风摇摆的青草沐浴在阳光里。小鸟和蝴蝶也在惬意地晒着太阳。清风吹过洒满阳光的青草，带来温暖和清香。远远的天地交接处能看到一些慢慢移动的小黑点，那是正在吃草的牛群。

每到清晨和傍晚时分，牛群都会从巨石旁经过，罗兰和玛丽从来不在这两个时间去巨石那边玩。牛成群结队，蹄声震天，尖尖的牛角晃来晃去。牛群后面跟着放牛娃乔尼。他的年龄和玛丽相仿，长着一张红彤彤的脸，蓝莹莹的眼睛，淡黄色的头发。他看到玛丽和罗兰总是咧着嘴笑，但是从不说一句话，因为他不懂英语。

一天傍晚，爸喊罗兰和玛丽一起到巨石上看乔尼赶牛回家的情景。

罗兰高兴得又蹦又跳，她一直想要近距离地观看牛群，可是不敢。现在有爸的保护，就不用担惊受怕了。玛丽也谨慎地靠在爸身边。

牛群过来了，爸一把把玛丽和罗兰抱到大灰石上，自己也跳了上去。然后他们一起看着那牛群。一片红色的、棕色的、黑色的、白色的和带花斑的牛背，像潮水一般从大灰石边涌过去。它们的大眼睛骨碌碌地转着，不时伸出舌头舔着扁平的鼻子，牛头歪向一边，像是盘算着用尖锐的牛角去戳别人。不过这会儿，罗兰和玛丽在大灰石上感到特别安全，因为有爸在。

就在最后一群牛从大灰石下经过时，罗兰和玛丽几乎同时叫唤了起来："啊，看那头牛，多好看啊！"这是她们见过的最漂亮的牛。这是一头年幼的白色母牛，耳朵是红色的，额头正中有一块小红斑，一对白色小牛角朝内弯曲，角尖正指向那块红斑。它的白色肚子上有一圈红色斑纹，和一朵玫瑰一般大小。

"爸！快看那头白色的小牛，它身上盛开着玫瑰花呢！"罗兰兴奋得大喊大叫。

爸听了大笑起来，跟乔尼一起把那头小牛从牛群中赶了出来。他转过头对罗兰和玛丽说："姑娘们！过来帮忙，把这头奶牛赶回咱们家的牛棚去。"

罗兰马上跳到地上，追上爸问："为什么要把它赶回我们家？

噢，爸，难道我们可以养它吗？"

直到把小牛赶进牛棚，爸才大声宣布："这头奶牛从今以后就是我们的啦！"

罗兰兴奋地跑去土屋把这个消息告诉妈："妈！快去牛棚看看吧！我们有奶牛啦！妈！那可是最漂亮的奶牛啊！"

妈把卡琳抱在怀里急忙走到牛棚。

"噢！查尔斯！"妈喊道。

"它是我们的了，卡洛琳！"爸说，"你喜欢吗？"

"可是……"

"这是尼尔森给我的报酬。"爸说，"我替他收割干草和庄稼，他就用这头牛来支付我的工钱。卡洛琳，你快看看，这头奶牛多棒啊，我们马上就有牛奶和奶酪吃啦！"

"噢，查尔斯！""妈激动不已。

罗兰不再听他们说下去，转身跑回了土屋，从桌上抓起自己的锡杯，又回到牛棚。

这头漂亮的奶牛被拴在皮皮和亮亮旁边的小牛栏里。它静静地站在那儿，慢条斯理地嚼着干草。罗兰走到它身边蹲了下来，一只手抓住奶牛，另一只手举着杯子在下面接，模仿着爸挤奶的样子开始挤奶，一股白花花的牛奶笔直地射进了杯子里，还是热的呢！

"罗兰，你在干吗？"妈惊叫起来。

"我在挤奶呢，妈。"罗兰回答。

母牛只是惊讶地转过头看了看罗兰，并没有踢她，十分温顺。

"挤牛奶的时候一定要站在牛的右边，罗兰。"妈提醒她，"否则它会踢你的。"

"罗兰，你是怎么学会挤牛奶的啊？"爸问。

的确，从来没人教过罗兰怎么挤牛奶，不过她平时总看爸挤

奶，不知不觉就学会了。一股股牛奶流进杯子，泛起了许多泡沫。罗兰继续挤着，直到泡沫溢出杯子才停下。

大家趁热一人喝了一大口牛奶。香醇温暖的牛奶进肚，大家都感到心满意足。剩下的奶被卡琳全喝了。一家人就静静地站在牛棚边欣赏这头美丽的母牛。

"它叫什么名字啊？"妈问。

"它的名字叫作'发繁'。"爸回答道，说完哈哈大笑起来。

"发繁？"妈重复了一遍，"这名字好奇怪啊！"

"尼尔森一家是挪威人。"爸说，"尼尔森太太给它起名叫'发繁'。"

"那'发繁'到底是什么意思呢？"妈追问。

"这个问题我也问过尼尔森太太。"爸说，"她只说是一个'发繁'，我当时也是一头雾水。把她也给急得用笔画个不停，直到最后，她补充说'一个玫瑰发繁'。"

"花环！"罗兰脱口而出，"玫瑰花环！"

一家人都笑弯了腰。爸说："说来真有意思，我们在威斯康星那会儿遇到的不是瑞典人就是德国人。后来又到印第安保留区，和印第安人住在一块。现在在明尼苏达州，周围住的又换成了挪威人。他们也都是不错的邻居。不过，我保证，像我们家一样换了这么多地方的肯定没几个。"

"那是肯定的。"妈说，"我们以后别叫它'发繁'了，花环也拗口，就叫它斑斑吧。"

第七章
屋顶塌了

这回罗兰和玛丽可有活儿干了。她们每天一大早，天刚蒙蒙亮就得把斑斑赶到灰色巨石那里，和它的伙伴会合。然后由乔尼带着它和其他牛去远处的草原放牧。到了傍晚，她们必须等着牛群回来，再把斑斑赶回自己家的牛棚。

每个清晨，她们都得从挂着串串露珠的草地上走过，冰凉的露水打湿了她们的脚和裙边。不过，她们都喜欢光着脚丫踩在湿漉漉的草地上，也喜欢看太阳从地平线上缓缓升起。

最初，一片灰白色笼罩着大地，整个世界都显得异常安静，连风也屏住了呼吸。慢慢地，东边的天空透出了一道绿色的光芒，非常耀眼，天空中的薄云慢慢开始变成粉红色。巨石冰凉而潮湿，罗兰和玛丽相互依偎着坐在上面，抱着冰冷的双腿，把下巴支在膝盖上，目不转睛地盯着东方的天际。杰克趴在灰石下的草地上，也安静地望着东方。不过，她们谁都无法看清天空究竟是从哪一刻开始变成粉红色的。

淡淡的粉红色晕染了天边，颜色越来越浓。粉红色的云彩越升越高，越来越鲜艳，越来越耀眼，就像一片熊熊烈焰。瞬间，在

028

云彩的中央，远方的地平线上，鲜红的云彩绽放出了金黄色的光芒，太阳羞涩地露出了小半边脸，发出一道刺眼的白光。

只是一眨眼的工夫，整个太阳喷薄而出，比平日里看到的大了很多倍。它光芒四射，四周似乎正要燃烧起来。罗兰忍不住眨了眨眼睛。就在这一刹那，天空突然变成了蔚蓝色，发出金光的云朵也不见了。平时见到的那个太阳照耀着大草原，成千上万的鸟儿开始放声歌唱。

傍晚时分，牛群差不多要回来了，罗兰和玛丽就会飞快地跑到大灰石上，等待着看牛群浩浩荡荡经过。

爸去尼尔森先生家干活儿，亮亮和皮皮就没事干了，便和斑斑一块儿跟着牛群去吃草。不过，这两个大家伙可没有斑斑那么温顺，罗兰不敢接近它们。

一天傍晚，牛群发怒了。它们一路怒吼着，迈开蹄子飞奔着冲到巨石旁，然后就停了下来，开始绕着石头跑圈，相互顶撞起来。它们眼里冒着怒火，牛角碰撞在一起，尘土飞扬，场面异常可怕。

玛丽被吓得没法动弹。罗兰也很恐惧，但她知道必须把皮皮、亮亮和斑斑赶回牛棚，所以她鼓足勇气跳下了巨石。

每头牛都发疯一般大叫着撞来撞去，蹄子重重地踏在地上。幸好乔尼帮着把皮皮、亮亮和斑斑往牛棚赶。杰克也来帮忙，它跟在牛的后面，大声叫着，罗兰一路小跑跟在后边吆喝着。

看着斑斑、亮亮进了牛棚，罗兰终于松了口气。可是，皮皮突然转过身，翘着尾巴，冲着牛群奔去。

罗兰立刻冲到皮皮前面，挥舞着双手，大声喊叫。谁知皮皮也发起狂来，风驰电掣般朝小溪那边跑去。

罗兰穷追不舍，想再次拦住皮皮，但是她的腿太短了，不像皮皮的腿那么长。杰克飞一般地追了上来，可皮皮更加拼命地奔跑。突然，皮皮好像一只兔子一样跳了起来，正好落到了土屋的屋顶上，一条后腿踩了下去，把屋顶踩穿了，然后一屁股坐在了屋顶上。这可把罗兰吓坏了，屋顶被踩漏了，皮皮要是掉下去砸到妈和卡琳怎么办？天啊，这全是罗兰的错，因为她没有拦住它。

幸运的是，皮皮自己挣扎着拔出了腿，罗兰也终于跑到了皮皮面前，杰克也跟着来了。在杰克的协助下，罗兰把皮皮赶进牛棚，放下了栅栏。这时，她浑身还在不停地颤抖。

妈抱着卡琳跑了上来。妈说，她看见牛腿从屋顶上伸下来，就赶紧躲了出来。

"幸好没有造成太大的损失。"妈说。

妈用草把那个洞塞好，又清理了掉进屋里的泥土。妈和罗兰对视了一会儿忍不住大笑起来，屋顶竟然被牛踩了个窟窿，真是太荒唐可笑了，她们好像成了住在洞里的兔子。

第二天一大早，罗兰正在清洗盘子，突然看见有个黑色的东西从白色的墙上掉下来，原来是泥巴。她正抬头想看个明白，一大块石头猛地砸了下来。还好她猛地跳开了，动作比兔子还快。紧接着整个屋顶坍塌了！

阳光照进屋里，空气里弥漫着灰尘。妈、玛丽、罗兰和卡琳都不停地咳嗽、打喷嚏。她们抬头就看到了蔚蓝的天空。闻声跑来的杰克也纳闷地看着天空狂吠起来，紧接着，它也打了个响亮的喷嚏。

"这下可好了，屋顶必须得修修了。"妈说。

"要怎么解决呢？"罗兰问。

"这要让你爸想办法呀。"妈说。

接着，她们把掉下来的泥土、石块和干草运出土屋，妈用柳枝做成扫把，把屋里清扫了好了几遍。

这天晚上，一家人就睡在星空之下，这种经历还从来没有过呢！

第二天，爸没有去工作，就在家里重新盖屋顶。罗兰帮爸搬运新砍下来的柳枝，然后在旁边看着爸盖屋顶，把柳枝递给他。他们在柳枝上铺了厚厚的青草，然后再把一层泥铺在上面，最后，爸把新割下来的草皮盖在上面。让罗兰站在上面把它们踩实。

"那些草不知道自己搬了家呢！"爸说，"等再过几天，草长得茂盛之后，我们就看不出哪里是屋顶了。"

爸并没有责备罗兰没有看住皮皮，他只是说："以后可不能让一头牛在我们屋顶上跑来跑去了。"

第八章
麦 草 垛

爸收割完尼尔森先生的庄稼，抵清了买斑斑所欠下的费用。现在，他可以开始收割自己家里的庄稼了。爸把长柄大镰刀磨得很锋利，这些大镰刀对于小女孩来说十分危险，绝对不能碰。

爸把牛棚旁边的一小块地里的麦子割了，然后把小麦扎成几捆堆在一起。之后，每天早晨，他都会去小溪对岸的一块平地上干活儿。他把青草割下来，放在太阳下晒干，然后用木耙子把干草分成堆。接着，他套上马车，把干草拉到牛棚旁边堆起来。爸一共堆好了六个干草堆。

晚上，爸已经累得没力气拉琴了。但是他心情非常好，因为等把干草垛码好，就可以犁地种麦子了。

一天清晨，天刚蒙蒙亮，三个陌生男人带着一台脱粒机来了。他们是来帮爸打小麦的。罗兰赶着斑斑走在沾满露水的草地上时，听到脱粒机在隆隆作响。等到太阳升起来时，金黄色的麦壳已在随风飞舞。

早饭还没做好，小麦就已经打完了，三个男人带着机器离开了。爸有些遗憾地说汉森种的麦子实在太少。"不过，打下来的麦子磨成面粉也足够我们吃一年了。"爸说，"而且，这些麦秆和割下来的干草，也够牲口度过冬天。到明年这个时候，我们自己的小麦就会大丰收啦！"

那天早上，罗兰和玛丽跑到草原上玩耍，老远就看到了金黄色的麦草垛在阳光的照耀下闪闪发光，闻起来比干草更甜。

罗兰顺着滑溜溜的麦草垛往上爬，没多久就爬上了高高的麦草垛顶。

她站在麦草垛上瞭望远方，整个大草原一望无际，溪边的柳树和小溪尽头的平地尽收眼底。她觉得自己就好像飞翔在天空中的小鸟，她张开双臂挥动，在充满弹性的麦草垛上跳跃着，感觉像是在空中随风飞舞。

"哦！我飞起来啦！我在飞呢！"她激动地对玛丽喊着。

玛丽也爬了上来，姐妹俩手牵着手，在麦草垛上起劲儿地跳，越跳越高。她们的裙子被风吹得呼呼直响，系在脖颈上的遮阳帽也跟着舞动起来。

"跳高点儿！再高一点儿！"罗兰忘情地又唱又跳。突然，她脚下一滑，顺着麦草迅速地向下滑去，"砰"的一声，她一屁股跌坐在结实的草地上。紧接着，又是"砰"的一声，玛丽跌坐在罗兰身旁。

她们在蓬松的麦草垛上打着滚放声大笑。很快她们又爬上麦草垛，再顺着边缘滑下来。她们从来没有这么开心过！

直到高高的麦草垛矮了一大截，她们才清醒过来。爸费了好多功夫码好的麦草垛已经被她们全弄散了。罗兰和玛丽面面相觑。玛丽说她要回家了，罗兰一声不吭地跟在她后面。回到家，她们一直帮妈做家务活儿、照看卡琳，直到爸回来吃午饭。

爸回到家，瞪了罗兰一眼，罗兰连忙低下头。

"你们两个以后不准再去滑麦草垛了！"爸说，"现在我得停下手中的活儿，去把麦草垛重新堆好。"

"我们保证不再去滑了，爸。"罗兰一本正经地说。玛丽也跟着说："爸，我们真的不会再去了。"

吃过午饭，玛丽洗盘子，罗兰把盘子擦干。然后她们戴着遮阳帽，来到草原上。正午阳光下金灿灿的麦草垛仿佛正在向她们招手。

"罗兰！你要干吗？"玛丽说。

"我没有干什么呀。"罗兰说，"我连一根草都没有碰过啊。"

"你别离那里那么近，不然我就告诉妈去！"玛丽说。

"我只是想闻麦草的味道，爸没说不让啊！"罗兰辩解。

她深深地吸了一口气，麦草被太阳晒得暖烘烘的，闻起来比嚼着麦粒还要香。罗兰闭上双眼，把脸深深地埋进麦草里，说："嗯！好香！"

玛丽也走过来，闻了闻："嗯！"

罗兰抬头看着金黄色的麦草垛映衬在蔚蓝的天空下。她再也忍不住了，她要爬到高高的蓝天里。

"罗兰！"玛丽大声制止，"爸说过不让我们爬上去！"

罗兰一边往上爬一边说："爸不让我们从麦草垛往下滑。可我现在只是在往上爬！"

"你快下来！"玛丽嚷着。

罗兰已爬到了麦草垛的顶上，然后认真地对下面的玛丽说："我保证不会从上面滑下来的，我答应过爸的。"

站在高高的麦草垛上，听着风呼呼地吹，看着一望无际的绿色的大草原，罗兰张开双臂尽情蹦跳起来，听凭麦草垛把自己高高地弹起。

"噢！我飞起来啦！"她欣喜若狂地呼喊。玛丽也爬了上去。跟罗兰一起不停地跳啊跳，跳累了就躺在香喷喷、暖烘烘的麦草上。罗兰翻身滚过一处凸起来的麦草，把它压平。这一处被压下去，旁边的一处又凸起来了，她就又滚向那一处，就这样来回地滚，停不下来了。

"罗兰！"玛丽尖叫，"爸说过……"话还没说完，罗兰已经从草堆上滚落下来，"砰"地坐在地上。

她跳起来，又麻利地爬到麦草垛顶上。她顺势倒在麦堆里打起滚来。"你也来吧，玛丽！"她喊道，"爸没说不让我们打滚！"

玛丽有些犹豫，"我知道，可是……"

"没有可是啦！"罗兰再一次滚到了地下，"你试试啊，玛丽！太好玩了！"

"可是……"玛丽说着也跟着滚了下去。

在麦草垛里打滚真的是太有趣了，比滑下去还好玩。她们在草堆里不停地爬上去又滚下来，欢乐的笑声响彻草原。到最后，整个麦草垛全弄散了，再也没什么可爬的了。

她们赶紧摘掉裙子上和头发里夹杂着的麦草，悄悄地回了家。

晚上，爸从对岸的田地回到家时，玛丽正在帮妈摆餐，罗兰焦虑不安地坐在门后摆弄着那盒剪纸娃娃。

"罗兰！你过来！"爸的脸色很吓人。

罗兰慢吞吞地从门后走出来。

"到我跟前来！"爸说，"玛丽你也过来！"

爸坐在椅子上，严厉地盯着罗兰，说："你们是不是又去滑麦草垛了？"

"没有。"罗兰脱口而出。

"玛丽！"爸问，"你去滑了没有？"

"没……没有。"玛丽吞吞吐吐地说。

"罗兰！"爸说，"我再问你一次，你们去滑麦草垛了没有？"

"没有。"罗兰的语气很坚定，目光坦然地与爸对视，想不明白他怎么会如此愤怒。

"罗兰！"爸又喊了一声。

"我们真的没有滑。"罗兰解释道，"我们只是滚下来的，你没有不让我们滚。"

爸猛地站起来，大步踱到门口，看着外面。他的后背在不停地发抖。罗兰和玛丽一下子不知所措。

过了一会儿，爸转过身来，依旧板着面孔，不过眼中的怒火却消失了。

"姑娘们。"他说，"我现在郑重警告你们一次，从今往后，你们必须离麦草垛远远的。这些干草和麦草是让皮皮、亮亮和斑斑过冬吃的，每一根草对它们来说都很宝贵。你们也不愿看见它们饿肚子，对吗？"

"噢，当然，爸！"她们抢着说。

"把麦草扎成捆、堆成垛，是为了更好地存贮它们的食物，你们懂了吗？"

"懂了，爸。"玛丽和罗兰异口同声地说。

这天以后，她们真的再没去过麦草垛了。

第九章
蝗 虫 天

梅溪边那片梅树林里的梅子已经成熟了，低矮的梅树一棵挨着一棵，随意伸展的枝丫上挂满了香甜多汁的梅子。梅树林弥漫着醉人的气息，引来无数昆虫"嗡嗡"地在四周飞。

爸割完了小溪对岸地里的草，现在正忙着犁地。每天一大早，当罗兰带着斑斑去巨石边和牛群会合时，爸则把皮皮和亮亮从牛棚里赶出来，给它们套上犁具，开始干活儿。

吃过早餐，罗兰和玛丽清洗好碗盘，就提着铁皮桶去摘梅子。在屋顶上，她们看见爸正在犁地，因为距离远，显得他的身影很小，犁经过的地方扬起了一缕灰尘。

土地被犁过以后细滑得像深褐色的天鹅绒，每天都会扩大一些，逐渐吞并了那些金色的还残留着草茬的土地，一直延伸草原上。很快这些犁过的土地将会变成一大片麦田。等收完了麦子，他们就可以想买什么就买什么啦！

罗兰穿过高高的草丛来到溪边的梅树林，遮阳帽垂在她的脑后，手里的铁皮桶来回晃动着。地上的草渐渐枯黄，她从草丛里穿过时，一群一群的小蝗虫惊得到处乱蹦。玛丽将她的遮阳帽好好地戴在头上，紧紧地跟着罗兰。

她们来到一棵梅树前，放下大铁皮桶。她们先用小桶装满梅子，然后往大桶里倒，直到把大桶装得满满的。她们提着一大桶梅子回到土屋的屋顶上。妈已经洗干净一块布，铺在草地上，罗兰和玛丽把桶里的梅子倒在布上，让太阳把梅子晒干，这样，他们冬天就可以吃上梅干啦！

梅树林里的树荫不是很浓密，阳光透过细叶子忽隐忽现。细细的树枝被累累果实压得快要垂到地上了，有不少梅子从树上掉下来，滚到了草地上。

那些掉落的梅子，有的还是完整的，有的已经裂开了口，里面汁水丰富的果肉露了出来，引来了许多蜜蜂和大黄蜂。它们趴在裂口上贪婪地吮吸着，高兴得尾巴不停地摇摆，已经顾不上蜇人了。罗兰用一片草叶轻轻地碰了碰它们，但是它们只是轻轻地动了一下，就又继续大口大口地吮吸梅汁。

罗兰把那些完好的梅子放进铁桶里，然后捡起裂口的梅子，用手指轻轻一弹，那些黄蜂就飞了起来。她飞快地把梅子塞进嘴里，唇齿间立刻溢满了甜蜜的汁水。大黄蜂围着罗兰飞来飞去，它

们想不明白刚才的梅子怎么眨眼工夫就无影无踪了呢？不过，它们很快又挤进了另一个蜂群里，开始吸食另一颗梅子。

"我敢打赌，你吃掉的梅子比摘的还要多。"玛丽说。

"我才没有呢！"罗兰顶嘴，"我吃的都是从地上捡来的。"

"你别嘴硬了，我忙着采摘梅子，而你却在玩乐。"玛丽不太高兴地说。

其实，罗兰摘梅子比玛丽摘得快，铁桶很快就满了。玛丽之所以不高兴，是因为她讨厌摘梅子，她更喜欢待在家里缝补衣服、看书。而罗兰和她截然相反，她喜欢摘梅子。

罗兰还喜欢摇梅子树。这可有讲究呢，用力过猛就会把没成熟的梅子摇下来，造成浪费；用力太轻，又没法把熟透的梅子摇下来，等到晚上，成熟的梅子才会掉落，有些会摔碎，那也就浪费了。

罗兰知道摇梅树的技巧。她抓住粗糙的树干，轻轻地快速地摇一下，挂在树枝上的梅子开始摇晃起来，接着再用力猛地一摇，那些成熟的梅子就会噼里啪啦地掉下来。

梅子品种繁多。采摘完红梅子，黄梅也就熟了，接着再采蓝梅。最后成熟的梅子叫霜梅，个头也是最大的，要等到霜冻后才成熟。

一天清晨，整个世界变成了一片银白色。每一片草叶都泛着银光，路面上覆盖着一层薄薄的银色细粒。罗兰光着脚走在上面，感觉像走在火上一样疼痛，脚一离开地面，就留下一对黑色的脚印。冰冷的空气钻进鼻孔，人呼出的气都是白色的。白色的雾气也不断从斑斑鼻中喷出。太阳升起后，整个草原被照得银光闪烁，无数颗细小的霜粒都闪耀着光芒。

就在那一天，霜梅成熟了。紫色的果皮上裹着一层淡淡的白霜。

现在，阳光就没有那么强烈了，夜里寒意袭来。草原变成了干草堆一般的淡黄色，天空不再是一片湛蓝，就连空气的味道也和夏天不一样了。

不过，中午的阳光依然很温暖，雨水不见了，白霜也不见了。眼看就要到感恩节了，还迟迟不见下雪。

"我从来没见过这种天气。"爸说，"尼尔森告诉我，从前的人管这种天叫作'蝗虫天'。"

"什么叫'蝗虫天'？"妈问。

爸摇摇头，说："尼尔森只是说'蝗虫天'，没有解释清楚。"

"或许是挪威人的俗语吧。"妈说。

罗兰很喜欢这几个字的发音。每当她奔跑在枯萎的草丛中，好多蝗虫从她脚边跳过，她总会情不自禁地喊道："蝗虫天！蝗虫天！"

第十章
牛群破坏了麦草垛

冬天快来了，爸该到镇上去一趟了。小镇离家不远，所以爸当天就能回来。妈也要一块儿去，还得带着卡琳，因为她还太小，离不开妈。不过，玛丽和罗兰会留在家里，帮忙看家。她们已经是大姑娘了，玛丽九岁了，罗兰眼看就八岁了。

为了去镇上，妈专门给卡琳做了件新衣服。布料是从罗兰小时候穿过的一件粉红色印花布衣服上剪下来的，剩下的布料还给卡林做了顶遮阳帽。昨晚，妈就把卡琳的头发用卷发纸裹了起来，长长的金发卷出了许多波浪卷。穿上新衣，戴上粉红色遮阳帽的卡琳就像一朵娇艳的玫瑰。

妈穿上了她的圆篷裙和那件印着小小的草莓图案的连衣裙。很久以前住在大森林里时，妈曾穿着这条裙子去奶奶家参加了枫糖晚会。

"罗兰、玛丽，你们一定要乖乖的啊！""妈临走前再次叮嘱。妈把卡琳抱上车，然后拎着午餐篮坐上了牛车。

"我们会在太阳落山前赶回来的。"爸边说着，边"嗯——"地大声吆喝着，两头牛慢悠悠地迈开步子，车移动了。

"妈，再见，爸，再见！卡琳，再见！"罗兰和玛丽站在牛车后面喊着。牛车渐渐远去，一点点变小，最后消失在大草原的尽头。

现在，大草原显得更加空旷无边，不过罗兰一点儿也不害怕。因为这里没有狼群和印第安人，而且还有杰克陪着呢！杰克非常尽职尽责，它知道爸不在家时，自己要守护这个家。

上午，玛丽和罗兰一直在小溪边的灯芯草丛里玩耍，没去深水潭，也没去碰麦草垛。中午，她们吃了妈给她们留的玉米饼、糖蜜和牛奶，然后把盘子、杯子清洗干净，放回原位。

罗兰想去巨石上玩，玛丽却不肯，她让罗兰也必须待在土屋里。

"妈可以管我，你没有资格管我。"罗兰说。

"我有资格！"玛丽说，"妈不在，家里我最大，你得听我的。"

"凭什么，我最小，大的得让着小的。"罗兰说。

"你都多大了，还以为自己是小卡琳？"玛丽说，"你要不听我的话，我就告诉妈。"

"我就不在家待着，想去哪儿玩就去哪儿玩！"罗兰说。

罗兰说着就冲出门外，玛丽追了出去，想要拦住她，却发现杰克挡在小路中央。它全身的毛都竖了起来，显得很焦躁。罗兰顺着杰克的目光望去，大声惊叫起来："玛丽！"

原来，是牛群把爸的麦草垛团团围住了，一边吃草，一边用牛角把干草拔出来随意践踏。这可是皮皮、亮亮和斑斑整个冬天的口粮啊！

杰克知道该怎么做。它咆哮着冲下阶梯，向麦草垛飞奔而去，爸妈不在家，所以罗兰她们就得去赶走这些牛了。罗兰跟在杰克后面。"天哪！这肯定不行！我们对付不了那群牛！"玛丽惊叫着跟在罗兰后面。

她们越过小溪，来到大草原上。那些大公牛近在咫尺，它们挤成一团，"哞哞"地大声叫唤着，用长角把麦草垛挑得散落了一地，粗壮的腿践踏着地面。

玛丽吓得站住了，罗兰也吓坏了。她猛地拉了玛丽一把，因为她看见了一根木棍。罗兰捡起木棍，大喊着驱赶这些发狂的牛。杰克也跟着跑起来，汪汪地叫。一头大红牛被惹怒了，用牛角向杰克撞去，杰克敏捷地跳到了大红牛的身后，把这家伙气得大吼一声，拔腿就跑，其他牛见状也横冲直撞地跟着跑了起来。

可任凭她们怎么努力，也没法把这群牛从麦草垛旁边赶开。牛群肆无忌惮地撞着麦草垛，有几头牛开始尝试往倒塌的草堆上面爬。

罗兰大声吆喝着，不停地挥舞着手中的棍子，但是她跑得越快，牛群也跑得越快。黑牛、黄牛、红牛、斑点牛，竖着尖尖的角，一头比一头壮实。罗兰跑得浑身发热，头晕眼花，扎起来的辫子全都散开了，风老是把头发吹进眼睛里。她的嗓子也喊哑了，但她仍然坚持喊着，跑着，挥舞着棍子。她不敢抽打这些长着尖角的大牛。越来越多的干草散落在地上，牛群践踏干草的速度也越来越快。

突然，罗兰转变方向，向前面跑去。这时有一头红色大牛从麦草垛里冒了出来，对着罗兰低着头猛地冲过来，罗兰吓得说不出话来。她猛地跳到了牛的跟前，挥舞木棍。大红牛想停住脚步，但后面的牛群紧紧跟着它，它无法停下来，只得掉转方向朝犁过的地里跑去，整个牛群都跟着它跑过去。

杰克、罗兰和玛丽跟在后面赶着，终于把牛群赶离了麦草垛，一直赶到草原上高高的草丛里。这时，乔尼揉着眼睛从草丛中爬出来，原来他在温暖的小草坑里睡觉呢！

"乔尼！"罗兰生气地嚷道，"看看你的牛干的好事！"

"拜托你下次看好你的牛吧！"玛丽说。

乔尼看了看罗兰、玛丽和杰克，又看看正在草原吃草的牛群，不明白发生了什么。他只听得懂挪威话，玛丽和罗兰也没法解释。

玛丽和罗兰穿过高高的草丛往回走，这里的草又高又密，总是缠住她们仍在发抖的腿。到了泉眼处，她们喝了几口清凉的泉水。回到家中，她们坐下歇了好半天，才恢复了平静的情绪。

第十一章
险些翻车

整个下午，罗兰和玛丽都安静地待在土屋里，牛群再也没有回到麦草垛那里。太阳正慢慢地西沉，再过一会儿，她们就要到巨石边去接斑斑了。罗兰和玛丽都盼着爸和妈快点儿回家。

她们一次又一次走上小路，去看牛车回来没有。最后，她们索性跟杰克一块儿坐在屋顶上的青草丛里等待。太阳越来越低了，罗兰和玛丽忍不住站起来眺望牛车离开的方向，似乎这样可以看得更远。

终于，杰克的一只耳朵动了动，接着另一只耳朵也动了动。杰克扭头看着罗兰，欢快地摇起尾巴，是爸他们回来了！

她们都站了起来，紧紧盯着远处的地平线。先是牛车出现了，然后是爸和坐在车里的妈与卡琳。罗兰兴奋得跳了起来，挥舞着手中的遮阳帽，大声嚷道："我看到啦！他们回来啦！"

"他们怎么走得这么快？"玛丽说。

罗兰也安静了下来。牛车发出咔嚓咔嚓的声音，皮皮和亮亮低头飞奔，像是在逃命！

牛车砰砰砰地上下颠簸。罗兰看见妈坐在车厢的一角，一只手紧紧抱着卡琳，一只手死死抓着车篷。爸在亮亮身旁一路飞奔，并用着棍子打它，同时大声吆喝着。

可两头公牛还是发疯一般往小溪跑，眼看就到陡峭的堤岸边了。爸有些力不从心了，被亮亮拖向堤岸。天哪！眼看着牛车就要翻下堤岸了，妈和卡琳都会掉进小溪里。

爸声嘶力竭地冲着亮亮大吼一声，举起棍子照着它的脑袋用力敲了一下，亮亮终于掉转了方向。杰克跑过去咬亮亮的鼻子，罗兰尖叫着迎上去。牛车从她面前呼啸而过，一直撞到牛棚才停了下来。周围一下变得安静下来。

爸此时也追上了牛车，罗兰紧紧地跟在后面。

"皮皮！停下！"爸抓住了车厢，看着妈。

"我们没事，查尔斯。"妈已经脸吓得面色苍白，身体战栗着。

皮皮想从门里进牛棚，可是它和亮亮拴在一起，亮亮的头撞在了牛棚墙上。

爸把妈和卡琳从车厢里抱出来。妈对卡琳说："宝贝别哭了，你看已经没事了。"

卡琳粉红色的新裙子前面被扯开了一个大口子。她依偎在妈怀里，听到妈的安慰之后，才停止了哭泣。

"卡洛琳，我以为你们会掉进小溪里呢！"爸忧心忡忡地说。

"我也有点儿担心。"妈说，"不过我相信你一定不会让我们摔下去。"

"哎，多亏皮皮没有乱跑。乱跑的是亮亮，皮皮是被它带着跑的。"爸说，"它大概是看见牛棚就想吃东西了。"

罗兰心里明白，要不是爸拼命追着亮亮，并用木棍狠狠敲了亮亮几下，妈和卡琳一定会和牛车一起掉进小溪里。"哦，妈！"罗兰和玛丽扑上去紧紧抱着妈。

"好啦，没事了，姑娘们！"妈说，"都已经过去了，你们别担心了。现在，你们帮忙把车上的东西都搬进屋来吧！"

罗兰和玛丽把大大小小的袋子搬进了土屋。然后，她们到巨石上等着牛群，把斑斑赶回牛棚。接着，玛丽帮着妈准备晚餐，罗兰去挤了些牛奶。

吃晚饭的时候，她们把下午赶牛群的惊险过程给爸讲了一遍。爸夸她们真是好样的。"看啊，卡洛琳，我们的女儿都长大了，能帮我们把家管好了。"

她们早就忘了爸答应会从镇上带回礼物的事。吃过晚饭，爸笑呵呵地打量着她俩，像是在等待什么。罗兰一下子想了起来，笑嘻嘻地跳到爸的一条腿上，玛丽也紧跟着坐在了爸的另一条腿上。罗兰期待地看着爸问："爸，给我们买了什么？快让我看看。"

"你们猜。"爸说。

她们猜不出来。不过，罗兰看到爸的外套口袋鼓鼓的，而且有东西在窸窣作响。她把手伸进那个口袋，从里面掏出一个红绿条纹相间的漂亮纸袋。里面装着两块棒棒糖，一块给玛丽，一块给罗兰。

棒棒糖的颜色有点儿像枫糖，表面是扁平的。

玛丽小心翼翼地舔着棒棒糖，罗兰直接咬了一口。外面一层吃起来脆脆的，里面的糖心很硬，是透明的茶色，吃起来酸酸甜甜，又有点儿苦。爸说这是苦薄荷糖。

洗好碗盘，罗兰和玛丽拿着棒棒糖来到门外，坐在爸的腿上。妈坐在他们旁边，搂着卡琳给她哼歌谣。

小溪在已经变黄的柳树下欢快地唱着歌。斗大的星星发着寒光，低低地挂在夜空中，不停地眨巴着眼睛。

罗兰靠在爸温暖的臂弯里，爸的胡子轻轻地蹭着她的脸。棒棒糖慢慢在她的舌尖溶化。

"爸。"罗兰喊了一声。

"怎么了，小丫头？"爸轻轻地问道。

"我觉得和牛比起来我更喜欢马。"她说。

"可是，牛的用处更大呀。"爸说。

她想了一会儿，说："不管怎样，我觉得还是马好一些。"

她不是成心顶嘴，这都是她的心里话。

"好啦，罗兰，我们很快就会有马了。"爸安慰她。罗兰默默地期盼着小麦收获的日子赶紧到来。

第十二章
圣诞愿望

圣诞节快到了，可还是没有下过一场雪。蝗虫天气真奇怪啊。

感恩节这天，土屋的门敞开着，罗兰看到光秃秃的枝头，又看到太阳在一点点地移动。一片雪花也没有，大草原就像一张黄色的皮毛。地平线变得不再清晰。

"蝗虫天气。"罗兰心里暗暗想着。她想起了蝗虫那长长并交叉的翅膀和细长的后腿，硬硬的小脑袋，额头长着一对溜圆的大眼睛，嘴巴细小，小口小口地咬东西吃。如果你把一片青草放在它的嘴边，它会一下子把它塞进嘴里，不一会儿就吃得精光。

感恩节的晚餐很丰盛。爸打到了一只野雁。因为家里的火炉太小没法烤着吃，妈只能把野雁炖来吃，还在雁肉汤里下了一些面块。妈还做了玉米饼、土豆泥、奶油和炖干梅肉，并在每个盘子边上摆了三根烤熟的玉米。

相传，贫穷的清教徒过第一个感恩节时，只有三根玉米棒吃。后来，印第安人给他们带来了火鸡，这就是感恩节的由来。

吃完感恩节大餐，罗兰和玛丽一边想着贫穷的清教徒，一边拿起一根玉米棒啃着。烘烤的玉米味道喷香，又脆又甜。

过了感恩节，又该盼着过圣诞节了。天空阴沉沉的，草原也变得暗淡无光，空中仍不见飘雪花，也不下雨，只有冷飕飕的寒风在土屋的屋顶上呼啸。

"土屋里很温暖。"妈说，"不过，我觉得自己就像只躲在洞里过冬的动物。"

"这种日子不会太久的，卡洛琳，明年我们就能住进漂亮的房子里了。"希望的光芒在爸的眼中闪烁，"我们还会有几匹马和一辆马车！你们可以买很多漂亮的新衣服，到时候，我带你们出去游玩。卡洛琳，你看，这里的土地多么肥沃，没有什么石头和树根，而且离城镇那么近。等明年我们小麦丰收了，一定可以卖个好价钱！"

"现在，要是再能有两匹马该多好。"爸激动得抓着头发。

"查尔斯，"妈说，"现在，我们一家健健康康，有安全又舒适的房子，还有充足的食物过冬，我们已经拥有这么多，应该心存感激啊！"

"我的确很感激！"爸说，"不过皮皮和亮亮耕田太慢了，没有马，我该怎么在地里种植小麦呢？"

这时候，罗兰趁机插嘴道："除了马我们还需要壁炉！"

"你说什么？"妈问。

"圣诞老人。"罗兰说。

"赶紧吃饭，罗兰，小孩子操那么多心干吗，离圣诞节还早呢！"妈说。

罗兰和玛丽都知道，圣诞老人看小孩子都是顺着壁炉的烟囱爬下来的，没有壁炉就见不到圣诞老人啦。

一天，玛丽问妈没有壁炉和烟囱，圣诞老人怎么进屋，妈反问道："你们想要什么圣诞礼物呢？"

那时，妈正在熨衣服。熨衣板的一头搭在桌上，另一头搭在床架上。爸当初特意把床垫得高高的，就是为了方便妈干活儿。卡琳在床上玩，罗兰和玛丽坐在桌边。玛丽把一块块碎布分门别类地放好，罗兰在给她的布娃娃夏洛蒂做围裙。天气越来越冷，但依旧没有下雪，屋顶上狂风大作，在火炉的排烟管里哭嚎着。

"我要糖。"罗兰说。

"我也是。"玛丽说。

卡琳也跟着叫道："糖糖！"

"我还想要一件冬天穿的衣服、一件新大衣、一顶冬帽。"玛丽说。

"我也要。"罗兰说，"我还要一件给夏洛蒂穿的新衣服，还有……"

这时，妈从火炉上提起加热的熨斗，让她们帮忙试一试温度。她们用舌头沾湿手指，飞快地伸过去碰了一下熨斗的底面。如果发出刺啦声，就证明温度够高了。

"姑娘们，谢谢。"妈说，她小心翼翼地熨着爸衬衫上的补丁，"你们知道爸想要什么圣诞礼物吗？"

她们想不出。

"是马呀！"妈说。

罗兰和玛丽对视了一下。

"如果我们全家一起许愿，只要一匹马，别的都不要，说不定……"妈接着说。

罗兰没有作声。在她眼里马根本不能算是圣诞礼物。爸想要可以花钱去买，干吗要管圣诞老人要呢。她想了半天，还是很困惑。问道："妈，真的有圣诞老人吗？"

"当然啦！"妈说着又提着熨斗去炉子上加热了。

"等你们长大了，对圣诞老人的了解就会更多。"妈说，"你们现在应该已经知道圣诞老人不止一个，无论是在大森林里，还是在印第安保留区，在遥远的纽约，或是这里，圣诞前夜，他无处不在。他会准时从烟囱爬下来。这些你们都知道，是吧？"

"是的，妈。"罗兰和玛丽同时说。

"他就像天使一样。"玛丽慢慢地说，罗兰也这么认为。

妈点点头。接着给她们讲了一些圣诞老人的故事。告诉她们，其实圣诞老人无处不在。平安夜，所有人都不再自私，而是真诚地为别人祈求幸福。正因如此，圣诞老人才会降临。到了第二天早晨，人们许下的美好祝福就会变成现实。

"妈，如果每个人时刻都希望别人幸福，那么每一天就都是圣诞节了吗？"罗兰问。妈笑着回答说："当然啦，我的宝贝。"

罗兰和玛丽看着对方，都认真地思考着妈说的话。她们已经听出妈的意思了——妈希望她们不要为自己的礼物祈祷，而是祈祷爸得到他想要的马。她们彼此看看，赶紧转过头去，一声不吭地离开了，连一向最懂事的玛丽也没有对妈表明态度。

那天晚上，吃过晚饭，罗兰和玛丽都坐在爸腿上。罗兰依偎在爸的怀中，看了看他的脸，说："爸，我想请圣诞老人……送……"

"送什么？"爸问。

"一匹马。"罗兰说，"希望你能让我们骑骑马！"

"我也想要一匹马。"玛丽附和道。

爸惊讶地看看两个女儿，眼神温柔而明亮，问："你们是真心喜欢马吗？"

"是的，爸！"她们异口同声地说。

"好吧，"爸微笑着说，"我相信圣诞老人一定会给我们送两匹好马来的。"

一切就这样定下来了，今年的圣诞节就只能得到马，不会再有别的了。两个女孩默默换好睡袍，戴好睡帽，然后跪下虔诚地祈祷。

"保佑爸、妈、卡琳和每一个人。让我做个乖女孩，永远不变。"

罗兰念完了祷告，又在心里默默说了一句："愿圣诞老人送一匹马来。"

她爬上床，心情轻松了许多。她幻想着爸带她骑马兜风的情景，想象着马光滑发亮的皮毛，风中飘动的鬃毛，抬脚时优雅的姿态和天鹅绒一般柔软的鼻子以及温柔又明亮的眼睛。而且，爸刚才说会让她骑马！

爸调好小提琴的琴弦，然后放在肩膀上。大风在屋顶上狂躁地号叫着，不过土屋里温馨而舒适。炉子里有火光透出来，在妈的编织针上调皮地蹦跳。爸用脚在地上轻轻地打着拍子，轻松优美的琴声淹没了外面的风声。

第十三章
快乐的圣诞节

第二天早晨，终于飘起了漫天雪花。一颗颗晶莹剔透的雪粒在呼啸的寒风中飞舞。

罗兰只能待在家里。斑斑、皮皮和亮亮待在牛棚里吃着干草。土屋里，爸补着他的靴子，妈给他念故事听。玛丽在缝补衣服，罗兰在玩布娃娃夏洛蒂。她把自己的纸娃娃拿给卡琳玩，可是卡琳太小了，还不会玩纸娃娃，会把纸娃娃撕烂的。

那天下午，等卡琳睡着以后，妈把罗兰和玛丽叫到身边，脸上有着难以掩饰的喜悦。她跟她们说了一个秘密：她们可以给卡琳做一个圣诞礼物—— 一串纽扣项链。

于是她们爬到床上，盘着腿背对着卡琳坐下。妈拿出装纽扣的盒子。妈在比罗兰还小的年纪就喜欢收集漂亮的纽扣，其中有几个还是外祖母小时候收集的呢！盒子里装着满满的纽扣，有蓝色的、红色的、银色的、金黄色的纽扣，有黑亮的玉石刻着城堡、桥梁、树木浮雕的纽扣，手工彩绘的纽扣，带条纹的纽扣，还有一个小狗头形状的纽扣。

罗兰看着这么多漂亮的纽扣忍不住欢呼起来。但马上被妈制止了，要是把卡琳吵醒就糟了。

妈把这些纽扣都交给玛丽和罗兰，让她们一起给卡琳做条项链。

有事做了，罗兰就愿意待在屋里了，不能出去玩她也不觉得无聊。她向外面看看，风卷起鹅毛般的雪花，掠过光秃秃的冰冻的草原。小溪也被冻结了，秃秃的柳树枝被风吹得嘎吱作响。

接下来的几天，玛丽和罗兰默契地保守着秘密。卡琳醒着的时候，她们就陪她玩耍，她想要什么她们都依着她。等卡琳玩累了，她们就抱着她唱歌谣，哄她入睡。她一睡着，她们马上继续做纽扣项链。

玛丽和罗兰一人拿住线绳的一端，然后挑选出各自中意的纽扣，把它们一个接一个地穿起来。穿好后她们再举起线来看，总是觉得有些不满意，便又取下一些纽扣，换几颗重新穿上。如果一直不满意，就索性把纽扣全部摘下来重新选。因为她们一定要做出全世界最漂亮的纽扣项链。

直到有一天，妈提醒她们，第二天就是圣诞节了。

卡琳这天格外兴奋，怎么哄也不肯入睡。她兴致勃勃地在屋里跑着，叫着，唱着歌，一会儿又爬上凳子往下跳，越玩越兴奋，睡意全无。玛丽命令她要像个乖女孩，可卡琳完全不理会。罗兰把卡琳平时最喜欢玩的布娃娃夏洛蒂给她，可她来回扔了几下就把它丢到墙角了。

最后还是妈把卡琳抱在怀里，轻轻地哼着歌，罗兰和玛丽在一边安静地坐着。妈的歌声越来越轻，卡琳的眼皮开始打架了，终于闭上了眼睛。可是，歌声刚一停止，卡琳马上睁开了眼，大声嚷："妈，快唱呀！"

不过，卡琳最终还是睡着了。罗兰和玛丽赶紧选好纽扣穿在了一起，妈把项链两头的线系死了，这样一来再想换纽扣也不行了。不过这条项链看起来棒极了！

那天卡琳一直睡到吃过晚饭还没醒，妈把卡琳的一双干净的小袜子挂在桌边。罗兰和玛丽换好了睡衣，把纽扣项链悄悄塞进其中一只袜子里。

玛丽和罗兰做完祷告准备上床睡觉，爸突然问她们："宝贝们，你们怎么不把自己的袜子挂起来？"

"我是想……"罗兰说，"我想圣诞老人能送马给我啊。"

"也许是这样，"爸说，"但是平安夜里每个孩子都会把自己的袜子挂起啊，不是吗？"

玛丽和罗兰有些不知所措。这时妈从箱子里取出两双干净的袜子，和爸一起把它们挂到了卡琳的袜子旁边。罗兰和玛丽心里觉得有些奇怪，不过还是很快就睡着了。

第二天早晨，罗兰听着火炉里柴火噼里啪啦的声音。她慢慢睁开眼睛，看到火光从火炉里冒出来，她们的袜子看上去鼓鼓的。

罗兰欣喜若狂地喊了一声，猛地跳下床。玛丽也跳下床跟了过去。她俩的动静太大，把卡琳都给吵醒了。罗兰和玛丽从各自的袜子里拿出一个小纸袋，小纸袋里装着的糖果散发出诱人的香甜气味。每个袋子里的糖都是六颗。这些糖果实在是太精美了，有的像波浪一样弯曲着，有的两端画着彩色花朵，有的是滚圆的彩条糖球。她们俩还没见过这么漂亮的糖果，简直舍不得吃。

卡琳的一只袜子里装着四颗漂亮的糖果，另一只袜子里装着那串纽扣项链。卡琳一看见这串项链，就高兴得睁大眼睛，一个劲儿地尖叫，她坐到爸腿上，看着手里的糖果和项链，咯咯笑着，快活地扭着身体。

爸要出去干活儿了。他说："你们猜猜看，圣诞老人会不会在牛棚里给我们些惊喜呢？"妈催促罗兰和玛丽赶快穿好衣服，跟着一起去牛棚看看。

大雪过后天气更加寒冷，出门必须穿上长袜和厚厚的鞋子了。妈帮她们系好鞋带，围上围巾，她们就跑了出去。

到处都是灰蒙蒙的，只有东边的天际有一抹长长的红霞。牛棚的顶上覆盖了一层白雪，灰白的雪地在霞光的照映下变成了红色。爸站在牛棚门口正朝她们微笑着，挥手让她们赶快进去。

罗兰一眼就看到了两匹壮实的马！

它们的个头比佩特和帕蒂还要大，一身枣红色的毛像绸缎一般光滑发亮，鬃毛和尾巴都是黑色的。它们用大大的眼睛打量着罗兰，眼神既温柔又明亮，然后用丝绒般柔软的鼻子蹭着罗兰的手，还喷出温暖的气息。

"哈哈，罗兰，玛丽，"爸说，"怎么样，这个礼物满意吗？"

"我太开心了，爸。"玛丽拍手欢呼。罗兰已经无法用言语来表达喜悦，只能嚷道："哦，爸！"

爸愉快地朝她们眨眨眼，问："谁想骑上圣诞老人送来的马，带它们去喝水啊？"

爸先把玛丽抱上了马，教她抓紧马鬃，不要害怕。罗兰简直都等不及了。爸一把举起罗兰，把她放到了马背上。罗兰坐在宽大的马背上，觉得马充满了活力，想驮着她跑出去。

太阳出来了，大地银装素裹。爸牵着马走在前面，一只手里提着斧头，准备去凿开小溪表面的冰层，好让马喝到水。两匹马站在岸边昂起头，深深地吸了一口气，再喷出一团白雾。它们丝绒一般柔软的耳朵前后摆动着。

罗兰紧紧抓住马鬃，双腿夹紧住马的身体，放声大笑起来。

在这个寒风瑟瑟的圣诞节早晨，爸、玛丽、罗兰和马儿都高兴极了。

第十四章
春　汛

一天深夜，罗兰突然从床上坐起来，因为门外响起了很奇怪的轰隆声。

"爸！这是什么声音？"罗兰喊起来。

"应该是溪水的声音吧。"爸从床上跳下来，打开屋门看了看，震天动地的响声一下子冲进了土屋里，把罗兰给吓坏了。

她听见爸在门口喊道："哎呀！在下暴雨！"

妈接着说了些什么，但声音完全被淹没了。

"外面一片漆黑！"爸嚷着，"不过，你们不用担心，水不会淹进我们屋子的，这里地势高，水会流到溪岸低处去的。"

爸关上了门，屋里不像刚才那样嘈杂了。

爸叫大家别担心，赶紧躺下睡觉。可是罗兰睡不着了，她睁大眼睛听着外面轰隆隆的声音。

等到罗兰再醒来时，只见外面灰蒙蒙一片。爸不在屋里，妈正在准备早餐，小溪那边轰隆隆的声音一点儿也没有减弱。

罗兰一翻身跳下床，去开门。"哗——"雨水一下子就浇在她的头上和身上，让她几乎要窒息了。她猛地跳到门外，全身马上被瓢泼般的雨水打透了。溪水正在脚边汹涌地流过。

前面的小路被水淹没了。汹涌的溪水在通往木板桥的台阶上翻滚咆哮，柳树林全被淹没了，只有树梢露出水面，打着漩。溪水的咆哮声灌进罗兰的耳朵里，她根本听不到雨水的声音。

罗兰站在雨中，任凭雨点打在她的睡衣上、头上，可她只听得见溪水的怒吼。湍急的溪水令人恐惧，却又让人着迷。它卷起了白色泡沫，打着漩，向远处的大草原上奔涌而去。在小溪上游的转弯处，凶猛的水流激起了滔滔白浪。水流瞬间千变万化，但始终是那么凶猛可怕。

突然，罗兰被妈一把拽进屋里，关上了门。

"我叫你进来你没听见吗？"妈问道。

"没有啊。"罗兰真的没有听到。

罗兰像是刚从水里捞上来的一样，水顺着她的身子往下流，她脚下湿了一大片。湿透的睡衣紧紧地贴在她身上，妈帮她脱了

下来，用一条大毛巾给她擦干。"马上穿好衣服。不然，你会感冒的。"妈嘱咐说。

可罗兰却觉得浑身发烫，她从来没有过如此的神清气爽。

"罗兰，你简直太疯狂了。我可不愿意把自己淋成个落汤鸡。"玛丽说。

"玛丽！你应该去看看那条小溪！"罗兰大声说，"妈，吃完早饭让我再出去看一眼行吗？"

"不行。"妈说，"下雨的时候不能出去。"

谁知，她们早饭刚吃完，雨声戛然而止，太阳也出来了，爸让罗兰和玛丽跟着他一起去看小溪。

外面的空气清新、湿润，弥漫着春天的气息。瓦蓝的天空上飘着洁白的云彩，湿漉漉的地面完全没有了雪的踪迹，站在小溪高高的河堤上，能听到小溪湍急的水流声。

"我从来没见过这么奇怪的天气。"爸说，"这太不正常了。"

"这还是蝗虫天吗？"罗兰问。爸说他也不确定。

他们走在高高的堤岸上，看着眼前奇怪的景象。汹涌的溪水把这里完全变了个样。梅树林被水淹没了，只有树梢留在水面。台地变成了一座小圆岛。溪水分成两股沿着小岛周围向远处流去。深水潭也面目全非，岸边高高的柳树变成插在湖里的矮柳树丛了。

爸犁过的土地看上去黑黝黝的。爸望着那片土地，说："春天来了，我很快就能播种啦！"

第十五章
木 板 桥

第二天，溪水比前一天平缓多了，不过仍然十分湍急。罗兰在土屋里就能听到那热情澎湃的水流声，仿佛在召唤她。罗兰知道妈不会同意她去小溪边玩，所以没打招呼，就偷偷溜出去了。

溪水已经退到台阶下面去了，没有昨天那么高了。木板桥已经露出了一部分。溪水冲刷着独木桥，冒着泡沫。

整个冬天，冰封的小溪悄无声息。现在，溪水撒着欢向前奔去，水声潺潺，发出欢乐的声音。

罗兰把鞋袜脱在台阶上，光着脚丫走上木板桥，站在桥上出神地望着湍急的溪水。溪水溅起的阵阵浪花打在她的脚上，小小的水波在她的脚边流淌着。她把一只脚伸进打着漩涡的水流中，接着坐在木板桥上，把双脚全放进了水里。冰凉的溪水有力地冲击着她的小腿，她晃动着双脚使劲儿踢打着溪水。真有趣！

这时她的衣服都湿透了，可她还想整个人都泡在水里。于是她趴在木板上，双臂从木板两侧伸进水中。但她还是觉得不过瘾，最后干脆双手抱住木板，身子一翻钻进了水中。

下一秒，罗兰意识到泡在溪水里一点儿也不好玩儿。溪水的冲力极大，它拉住罗兰的整个身子想把她拖到水里。现在罗兰只能一只胳膊死死抱住木板，脑袋露在水面上。溪水用力地推着，罗兰挣扎着用下巴死死抵住木板的边沿。这时的小溪不是在欢笑，而是在疯狂地咆哮了。

没有人知道罗兰在这里，就是她大喊也没人能听见。罗兰双腿用力地踢着水，可是水流的力量太强大了。她使出全身的劲儿牢牢地抱住木板，可是冰冷刺骨的溪水拼命地撕扯着她，好像要把她拉成两半。她渐渐感到寒意遍布全身，身体在不停地颤抖着。

溪水既不像狼群，也不像牛群，它没有生命，却不知疲倦，令人畏惧。它会一直拉扯罗兰，直到把她卷走，像柳枝一样在溪流里翻滚，直到被淹死。

罗兰的腿已经觉得酸痛，双臂也渐渐发麻，几乎感觉不到木板的存在了。

"我一定要爬上去！"罗兰想着。溪水在她耳边咆哮，她双脚用力一蹬，双臂撑起，终于爬上了木板桥。

她一头栽倒在木板上，脸和肚子都紧贴在坚硬的木板上。她大口喘着气，庆幸这座木板桥是这么的坚固。她撑起身体，感到一阵眩晕，于是慢慢爬下木板桥。她提着鞋袜，慢慢地走上台阶。她在土屋门口愣了一会儿，心里直打鼓，不知该怎么跟妈交代。

罗兰鼓足勇气走进屋，妈正在缝衣服。水顺着罗兰的身子流下来。

"天哪！罗兰，你这是去干什么了？"妈抬头一看便惊叫起来，赶忙走到罗兰跟前。妈让罗兰转过身子，帮她把背后的扣子解开，脱下湿透的衣服。

"究竟怎么回事？你掉到小溪里去了？"妈问。

"不是的。我是自己跳下去的。"罗兰说。

妈拿毛巾用力把罗兰全身擦干，她一直不说话，听着罗兰把事情讲完。罗兰的牙齿在打战，妈把她裹在棉被里，让她在火炉边坐下烤火。

终于，妈说："罗兰，你太淘气了，可是我不忍心惩罚你，因为你刚才差一点儿没命了。"

罗兰沉默着，还在瑟瑟发抖。

"从今天开始，没有大人允许，你再也不能靠近小溪半步，明白吗？"妈说。

"妈，我保证不会再去了。"罗兰发誓。

总有一天溪水会退去，到时候那里又会变成一个可爱的地方。但是，人类无法强迫它顺应自己的意志。如今，罗兰明白了一个道理，在自然界中，存在着很多比人类强大的力量。不过小溪没有打败罗兰，它没能把她带走，也没能让她哭泣。

第十六章
漂亮的新房子

溪水终于退却，天气也突然变得暖和了。爸每天没等太阳出来就带着圣诞老人送来的马——山姆和大卫到麦田里去干活儿了。

"查尔斯，你这样没完没了地干，会把身体累垮的。"妈说。

不过爸觉得去年冬天雪下得太少，地太干了，所以必须把地犁得深一些，再松松土，争取尽早播种。

爸每天都早出晚归。到了傍晚，罗兰就在门口摸黑等着爸，一听见小溪那边传来马蹄蹚水的声音，就急忙回土屋里取出灯笼，跑到牛棚跟前高高举着，给爸掌灯，这样爸就能借着亮光给马喂草吃了。

爸每天晚饭后就上床睡觉了。他实在是太累了，累得没力气笑，也没力气说话了。

播种完小麦，爸又种了一片燕麦，开辟了两小块地。妈、玛丽和罗兰在其中一块地里种下土豆，在另一块地里撒了一些菜籽。卡琳就待在她们旁边玩耍，觉得自己也在帮忙。

大草原长出了绿油油的青草，像绒毯一样铺满了草原，挂满黄绿色嫩芽的柳枝在风中摇曳。紫罗兰和金凤花已经悄悄开放，酢浆草的叶片长得就像三叶草，花朵像薰衣草那么美，吃起来酸酸的。现在，就只有小麦地里依旧光秃秃一片。

一天傍晚，爸把罗兰叫到麦田里，只见褐色的地面不知何时突然蒙上了一层浅浅的绿色水雾——小麦发芽了！刚刚破土而出的幼苗纤细得几乎无法看清，但无数株幼苗聚集在一起，就给麦地蒙上了一层绿色。那天晚上全家人特别开心，因为小麦长势良好。

第二天一大清早，爸就去了小镇上，山姆和大卫跑得很快，一个下午就能跑个来回。她们还没顾上想念爸，他就回来了。罗兰第一个听到了马车的声音。她冲出门，跑到小路上去迎接爸。

爸坐在马车的座位上，满脸笑容，身后的车厢里是好大一堆木材。"卡洛琳，快出来！"爸喊着，"看看我们的新房子！"

"查尔斯！"妈闻声跑出来，吃惊得叫了起来。罗兰已经敏捷地从车轮那里爬到了木材堆上。这是她第一次见到如此光滑、平整的木板，爸告诉她这是用机器锯出来的。

"可是我们的小麦还没长成呢！"妈说。

"别担心。"爸说，"木板是我赊来的，他们同意等我把小麦卖掉后再付钱。"

"我们是要住进木房子了吗？"罗兰激动地问。

"是的，我的小丫头。"爸说，"我们不但会有一栋漂亮的木房子，房子上还会有玻璃窗户呢！"

第二天吃过早饭，尼尔森先生就过来帮忙了，他们开始挖地基。一家人就快要有一栋漂亮的房子了，因为那些长势良好的小麦给了他们希望。

罗兰和玛丽兴奋得都没法静下心干活儿了，只想着去看爸盖房子。妈说："你们干活儿不能这样三心二意。"

她们只好认真地把盘子洗干净，再一一放好。然后整理床铺，把地面打扫干净。终于干完了家务，她们可以出门了。

她们飞快地跑下台阶，走过木板桥，穿过柳树林，走过草原，爬上一个绿色的小土丘——他们的新房子就盖在这里。

爸和尼尔森先生已经在搭建房屋的框架了。木材一根一根被竖了起来，透过木材的空隙，可以看到无比湛蓝的天空。铁锤子敲打出愉快的声响，一朵朵卷曲的刨木花在刨子上蹦跳，散发出阵阵清香。

罗兰和玛丽捡起短些的刨木花，挂在耳朵上当耳环，戴在脖子上当项链。罗兰把一些长的刨木花卷进头发里，就像金色的披肩鬈发。罗兰一直都渴望自己的头发是金色的。

爸和尼尔森先生正在锯木头、钉钉子。一两块边角料不时掉下来，玛丽和罗兰就急忙跑过去拾起来，然后在一边搭建她们自己的小房子，这真是太有趣啦！

接着，爸和尼尔森先生把木板斜钉在房屋的框架上，然后又把屋顶板钉好。这种买来的屋顶板比爸用斧头劈出来的那种要精细很多，搭出来的屋顶平整结实，严丝合缝。

接着，爸开始铺地板，边沿用凹槽嵌在一起，十分结实。阁楼上也铺好了地板，同时也成为楼下的天花板。爸在一楼立起一块隔板，一楼就分隔出了卧室和客厅。

爸在客厅里安上了两扇明亮的玻璃窗。一扇朝着东边，可以看到日出，另一扇开在门的旁边，卧室也有两扇窗户。窗户非常精美，是罗兰从未见过的。每扇窗户都分成上下两部分，各由六块小玻璃组成。下半扇可以往上推开，然后用一根棍子支撑起来，这样就不会下滑了。

爸在正对着前门的地方开了一道后门，在门后盖一个小房间，小房间的屋顶是单坡的，紧挨着大屋。用来放扫帚、拖把和洗碗盆等杂物，到了冬天，还可以挡住凛冽的北风。

现在尼尔森先生回去了。罗兰围着爸好奇地问东问西。爸告诉她，卧室是妈、卡琳和爸住的，阁楼是玛丽和罗兰的小天地，可以在上面睡觉、玩耍。罗兰很想到阁楼上面去看看，爸只好放下手中的活儿，先把木板钉到墙上，开始做阁楼的楼梯。

罗兰很快爬上了楼梯，从阁楼地板的缝隙往里张望。阁楼有楼下两个房间那么大。地板平整光滑，倾斜的屋顶板是亮黄色的。阁楼两边各开着一扇小窗户，上面也装着玻璃。

最开始，玛丽上阁楼时有点儿害怕，担心摔下来，现在她又害怕从阁楼上走下去。其实罗兰也害怕，但她装出一点儿不害怕的样子。没过多久，她们俩就习惯上下楼梯了。

她们以为房子已经盖好了。但是爸又把黑色的沥青纸钉在了房子外面的墙壁上，然后在沥青纸上面钉上一层木板。这些细长光滑的木板从下面一块搭着一块，覆盖了屋子的四面墙壁。最后，爸在窗边和门口钉上了平板框架。

"这座房子结实得像一面鼓！"爸说。新房子从屋顶到墙壁，甚至连地板上都找不到一丝缝隙，冷风和雨水都无法进入屋里。

接着，爸开始装门。门板也是买来的，比用斧头砍的板子薄很多，非常平滑，门的上下还加了一层薄板。合页也是从商店里买来的，开合自如，不会像木铰链那样发出吱嘎的声音，更不会像皮铰链那样难开关。

爸把买来的锁装在了门上。钥匙往锁孔里一插，轻轻转动一下，门就会发出咔嗒的声音。锁把是白色陶瓷的。

有一天，爸问："罗兰、玛丽，你们能帮我保守一个秘密吗？"

"当然能！"她们不假思索地说。

"你们得保证不能告诉妈。"爸再次说道。她们都保证不会说出来。

于是爸打开小屋的门。里面放着一只黑得发亮的炉灶。这是爸从镇上买回来的，藏在这里，准备给妈一个惊喜。

炉灶顶部有四个圆圆的洞，上面盖着圆盖子。每个盖子上都有一个凹孔，上面装着一根手柄，可以用来提起盖子。炉子正面有一道长长的门，门上有一道道细长的缝隙，里面有一块可以来回滑动的铁块，能将这些缝隙打开或封上，这就是通风口。在通风口下面伸出一个用来接炉灰的椭圆形的盘子，盘子上盖着一个铁盖子，上面刻着文字。

"p，a，t，1770。"玛丽用手摸着这行字，轻轻地念道，然后她问爸，"这个字怎么发音？"

"p-a-t。"爸说，"是专利权的意思。"

罗兰打开炉灶侧面的一扇门，里面四四方方的，还有一个架子。"咦，爸，这个是干什么的？"她问。

"这是烤箱。"爸回答。

爸在玛丽和罗兰的帮助下把这台精致的炉灶搬进客厅，开始装烟囱。烟囱一节一节紧密相接，穿过天花板和阁楼，一直伸到屋顶外面去。接着爸爬上屋顶，把一根较粗的铁皮筒子接在烟囱上，这个筒子的上面像一把小伞一样张开，盖住了屋顶上的洞。这样，雨水就不能顺着烟囱流进房间里了。这种样式的烟囱在草原上随处可见。

"好啦，终于完工了，"爸说，"烟囱管也完成了。"

新房子里所有的设施都齐全了。屋子里光线充足，宽敞明亮，令人恍如置身户外。亮黄色的木板墙和地板散发出木头的阵阵清香，摆在门边的角落里的炉灶非常气派。轻轻一拧白瓷门把手，门就会随着铰链移动，然后再用力一带，门把手上的锁舌咔嚓一响，门就关上了。

"明天一早咱们就把东西搬到新房子来。"爸说,"今晚最后再睡一次土屋吧!"

罗兰和玛丽一左一右走在爸身边,拉着他的手向土屋走去。风吹过那片四四方方的麦田,绿色的麦苗像丝绸一样随风荡漾。麦田四周野草丛生,一片暗绿色。

罗兰忍不住回头看看他们的新家。它高高地矗立着,木板墙壁和房顶在阳光的照耀下,像麦草垛一样金灿灿的。

第十七章
住进新家

第二天一大早，阳光明媚，妈、玛丽和罗兰就跟爸一起把土屋里的东西往堤岸上搬，然后都装进了马车里。罗兰都不敢去看爸的脸，他们心里都藏着一个秘密，一定要给妈一个惊喜，她生怕一不小心说漏了嘴。

妈一点儿也没觉察出来。她从那个小小的旧炉灶中把炉灰掏干净了递给爸。"查尔斯，你有没有记得要多买几根烟囱？"妈问。

"记得，卡洛琳。"爸不动声色地说。罗兰听到这话差点儿就笑出了声。

大卫和山姆拉着马车，从小溪上蹚过，穿过草原，向新房子走去。卡琳摇摇晃晃地走在前面，妈、玛丽和罗兰手里拎满了东西跟在后面。她们穿过木板桥，走上小路，不一会儿就到了那个小土丘跟前，新木屋在阳光下金光闪闪。爸跳下马车，等着看妈看见新炉灶时的惊喜表情。

妈走进新房子，一下子愣在那里，惊讶得张大了嘴巴，一会儿又闭上了。过了一会儿，她轻轻地发出感叹："我的天哪！"

罗兰和玛丽兴奋地在一旁又唱又跳，小卡琳虽然不知道发生了什么事情，不过她也和两个姐姐一起蹦蹦跳跳。

"妈！这个新炉灶是爸送给你的惊喜！"她们叫起来，"它里面还带个烤箱呢！你瞧啊，上面还有四个盖子，盖子上还有把手！"玛丽又抢着补充道："盖子上还刻着字呢！我知道它们念'帕特'，是专利权的意思。"

"天哪！查尔斯，你不该这么做。"妈说。

爸紧紧搂住妈。"不用担心，卡洛琳！"

"查尔斯，我不是担心。"妈说，"可是盖这么一座新房子，还安了玻璃窗，又买了新炉灶。这……这太奢侈了。"

"我只希望你能开心。"爸说，"看看窗外的麦田吧，过不了多久钱就挣回来了。"

"天哪！"妈说，"这大炉灶太漂亮了，我都不知道自己舍不舍得用它做饭呢！"

不过妈很快就在这个漂亮的大炉灶上生火做饭了。玛丽和罗兰帮着摆餐桌。玻璃窗户开着，新鲜的空气涌入各个角落，一缕缕阳光透过正门和窗户照射进来。

在这么敞亮、通透的房间里吃饭，心情无比舒畅。吃过午饭，大家围坐在桌子旁，沉浸在这美好的感觉中。

"总算有个像样的家了！"爸感叹道。

接着，他们挂上窗帘。妈拿了条浆洗得笔挺雪白的旧床单，剪开做成窗帘，并用漂亮的印花棉布做了窗帘的花边。客厅的窗帘花边是用卡琳的粉色小裙子做的，那条裙子在上次牛乱跑时撕破了。卧室的窗帘花边是用玛丽的蓝色旧裙子做的。这些粉色和蓝色的布料还是很久以前他们住在大森林时爸去镇上买的。

在爸忙着钉钉子拉窗帘绳的时候，妈拿出两张她收藏的棕色包装纸，她把纸折好了，然后指导玛丽和罗兰用剪刀剪了几下。她们剪完后，打开纸，发现上面出现了一排镂空的星星图案。

妈把剪好的纸贴在炉灶旁边的架子上，那些星星就从上面垂下来，光线照射着它们，一闪一闪的。

装好窗帘后，妈在卧室一角挂上了两条雪白的床单，隔出一个用来挂爸妈衣服的空间。妈还在阁楼一角给玛丽和罗兰也做了个挂衣服的隔间。

新房子被妈布置得焕然一新。雪白的窗帘挂在玻璃窗两侧，明媚的阳光透过窗户照进屋子里。屋子由房架子撑着，木板墙散发着松香，一架楼梯直通到阁楼上。炉灶和烟囱都是闪闪发亮的黑色，壁橱上挂满了纸星星。书桌上铺着红格子桌布，还放着一盏擦得锃亮的油灯。桌上整齐地摆放着一本包着纸书皮的《圣经》、一本绿皮的《动物世界奇观》和小说《米尔班克》，桌旁整齐地摆放着两条长凳。

最后，爸把他很久以前送给妈的圣诞礼物——那个雕刻着星星、藤蔓和花朵的精美的搁物架挂在了前窗旁边的墙上，妈把那个小小的牧羊女瓷像摆在了上面。

牧羊女瓷像跟着罗兰一家从大森林到了印第安保留区，再到明尼苏达州的梅溪边。现在她就站在架子上微笑。她有着红润的脸颊、一头金发和蓝色的眼睛，穿着瓷质的镶着金色花边的衣裙，系着小小的围裙，脚上穿着一双精致的瓷鞋。完好如初，没有丝毫损

坏，她依然是原来那个牧羊女，脸上洋溢着幸福的微笑。

晚上，玛丽和罗兰爬上了属于她们的小天地——宽敞透亮的阁楼。阁楼里没挂窗帘，因为已经没有多余的旧床单了。但是她们每个人都有两个木箱子，一个用来坐，另一个用来放自己的东西。罗兰把布娃娃夏洛蒂和纸娃娃放在箱子里，玛丽的箱子里则放着贴布和收藏袋。帘子后面可以换衣服、挂衣服。唯一有点儿遗憾的就是杰克没法从楼梯爬上阁楼玩耍。

罗兰一上阁楼就想睡觉了，这一天她在新房子里跑来跑去，在楼梯爬上爬下，累坏了。不过，她躺在床上却无法入睡，因为新房子里太安静了，她怀念起住在土屋时伴她入眠的小溪的歌声。

突然，有一种声音打破了寂静。罗兰睁开眼仔细听着，这声音像许多双小脚在屋顶上飞快地跑过，又像很多只小动物在屋顶上蹦蹦跳跳。这到底是什么呢？

啊，原是下雨的声音！罗兰好久没听到雨滴拍打屋顶的声音了，差点儿把这种声音遗忘了。因为住在土屋时，屋顶上厚厚的泥土和草皮挡住了雨水的声音，所以她听不见雨声。

罗兰感到非常开心，她静静地听着淅淅沥沥的雨声，慢慢地沉入梦乡。

第十八章
小溪里的怪物

罗兰一大早就醒了，光着脚丫踩在光滑的木地板上，闻着木板散发出的清香。她一抬头就看见了亮黄色的倾斜的屋顶板和支撑屋顶的椽子。

罗兰从朝东的那扇窗向外看，看见草丘下有一条蜿蜒的小路，还有那块如绸缎般的绿油油的麦田，以及麦田后面那块灰绿色的燕麦田。大地已是一片葱绿，一轮金黄色的太阳正缓缓升起。罗兰恍惚觉得小溪、土屋、柳树林似乎都是很久以前的事了。

突然，温暖的金色阳光照到了还穿着睡衣的罗兰身上。洒在亮黄色的地板上的阳光，被玻璃窗的木格子分成了一格一格的，在罗兰的睡袍上、头发上、手上顽皮地闪烁。

铁盖子在炉灶上叮当作响的声音从楼下传来。不一会儿她们听到妈喊："玛丽，罗兰！该起床啦！"

新的一天开始了。

大家在敞亮的客厅围着餐桌吃早饭，一个念头不由自主地从罗兰的脑海中冒出来，她问爸："我吃完能去小溪玩吗？"

"不可以，罗兰。"爸说，"梅溪太危险了，那里有深不见底的黑水潭。不过你干完家务活儿，可以和玛丽去尼尔森先生干活儿时走的那条小路上去看看，说不定能发现什么好玩的呢！"

她们开始打扫新屋子。她们从斜顶小屋里找到了一把崭新的扫帚，这间小屋似乎总有各种各样新奇的东西。扫帚的手柄浑圆光滑，又长又直，扫帚毛是由成千上万根又长又细的黄绿色硬毛做成的，妈说这种材料叫扫帚草。先把扫帚草从根部齐齐地割下来，然后顶端弯折成平整或结实的扫帚形状，最后用红绳从中穿梭扎紧，这样就算做好了。和爸做的柳枝扫把比起来，这新扫帚实在太精美了，罗兰有点儿不舍得用它来扫地。扫帚在光滑的木地板上轻轻滑动，好像在变魔术一样。

罗兰和玛丽迫不及待地想去小路上看看。她们飞快地干完家务活儿，放好扫帚便出门了。罗兰急匆匆的，快走了两步就开始跑起来，任由遮阳帽滑到背后，帽带吊在她的脖子上。她赤脚在青草间的小路上飞奔，一溜烟跑下草丘，又越过一块平地，爬上了一个小土坡，竟然看到了小溪！

这真是个惊喜！小溪变成了另一个样子，它躺在长满郁郁葱葱青草的堤岸间，在阳光的照耀下缓缓流淌。

有一座木桥架在小溪上，通向对岸阳光下的草丛。从那里起，小路又继续向前延伸，一直通到小山丘的阴影处就看不到了。

罗兰觉得，这条小路一定是一直向前，欢快地在阳光闪耀的草丛间穿梭，跨过和缓的小溪，绕过小土丘，还会路过尼尔森先生的家里，但是绝不会停下，它会一直向前延伸。

小溪是从一片梅树林中流出来的，两岸很狭窄，长着一棵棵低矮的梅树，伸展的树枝都快碰到水面了。溪水被浓密的树冠遮挡着，显得十分幽暗。

小溪穿过梅树林，一下变得开阔起来，水面变宽了，也变得很浅。它汩汩地从桥下流过，在碎沙石上溅起细碎的水花，一直流进不远处的大水塘里。水塘在柳树的掩映下平静得像面镜子。

罗兰和玛丽一起走进浅浅的溪水里，踩在亮晶晶的沙子和鹅卵石上，成群结队的小鱼从她们脚边游过。如果她们保持不动的话，那些小鱼就会凑上来把她们的脚丫咬得痒痒的。

突然，罗兰注意到水中有一只怪物在动。它跟罗兰的脚差不多长，身体是绿褐色的，滑溜溜的。它伸展着长长的手臂，手臂末端是一对扁扁的大钳子，几条短腿长在身体两侧，尾巴覆盖着硬硬的鳞甲，尾端是分叉的尾鳍，硬硬的毛从鼻子里伸出来，眼睛圆鼓鼓的。

"那是什么东西？"玛丽害怕得惊叫起来。

罗兰也有点儿怕。她弯下腰仔细观察。突然，这家伙向后一退，不见了踪影，速度比水虫子快多了。只看到一股浑浊的泥水从一块扁平的石头下面冒出来，它一定是钻到石头下面去了。

果然，不一会儿，石头下伸出一只钳子夹了一下，接着那个怪家伙又把脑袋探了出来。

罗兰好奇地刚向它靠近了一小步，它又立刻缩回到石头下面去了。罗兰用水泼向这块石头，那家伙马上爬了出来，挥舞着大钳子想夹罗兰的脚指头。罗兰和玛丽被吓得尖叫起来，一下子跑开了。

她们用一根长树枝去戳它，它敏捷地抬起大钳子一下把树枝夹断了。她们又找了一根结实的粗树枝，它用钳子紧紧地夹住树枝不放，罗兰一下子把它从水中拎了起来。这家伙气得瞪着溜圆的眼睛，另一只钳子拼命在空中挥着，试图夹住什么。接着，它松开树枝，扑通一声落入水中，飞快地爬到大石头后面去了。

罗兰和玛丽又用水去泼那块石头。它猛地爬出来，挥舞着爪子准备战斗。每次，她们都被吓住，尖叫着逃走了。

她们玩了一会儿，便坐在木板桥上找了块树荫坐下休息，听着溪水汨汨流淌，看着闪闪发光的水面。过了一会儿，她们跳到水里，朝着梅树林那边走去。

梅树林中非常幽暗，水底下全是烂泥。玛丽不愿意进去，她讨厌踩在烂泥里的感觉。于是她就坐在岸边等着，罗兰独自蹚着泥水往梅树林里走去。

树丛下的溪水一片宁静，枯萎的树叶漂在水面上，空气中弥漫着一股潮湿的霉味。罗兰在烂泥中走了一段，烂泥从她脚趾缝间冒出来，然后下面就会有一股泥水冒出来，非常浑浊。于是，她转身朝阳光下清澈的溪水走了回去。

罗兰发现自己的脚上、小腿上都粘上了泥巴。她泼了些清水也没能把它们冲掉，于是她伸出手抹了抹，可还是徒劳。那些东西颜色像泥巴，也像泥巴一样柔软，却死死地粘在她的腿上。

罗兰吓得尖叫起来。她大声嚷道："玛丽！啊！玛丽！快点儿过来！"

玛丽闻声跑了过来，她说这些东西应该是一种虫子，她也不敢碰，因为她见了虫子就恶心。罗兰觉得更恶心，但是一想到恶心的虫子正紧紧地吸在自己的腿上，她便鼓足勇气，紧紧地抓住其中一条，拼命往下拉。

这恶心的家伙居然越拉越长，可还是吸住不放。

"天哪！别拉了！罗兰！你会把它拉断的！"玛丽大喊着。罗兰哪里管得了这么多，仍然用力地拉，把它拉得长长的，它终于松了口，一股细细的鲜血从罗兰的腿上流了下来。

罗兰一条接一条地把这些虫子拉了出来。每拉出一条，都会流出一小股血。

罗兰再也无心玩耍了，她在清水里把手和脚洗净，然后和玛丽回家了。

吃午饭的时候，爸正好也在家。罗兰跟爸讲了那些像烂泥一样黄褐色的没有头和脚，也没有眼睛的东西紧紧吸在皮肤上不下来的事情。妈说那是水蛭，医生把它们放在病人的皮肤上，用来放血治病。爸则管它们叫吸血虫，说它们喜欢生活在阴暗、静止的水塘烂泥里。

"我讨厌吸血虫。"罗兰说。

"那就别再去烂泥里玩啦。"爸说，"你要是不想再遇到麻烦，就别自找麻烦了。"

妈说："你们没多少时间去溪边玩了。我们现在已经安定下来了，你们应该去上学了，而且这儿离镇上只有两英里半。"

罗兰听了一点儿也不开心，玛丽也一句话都没有说。她们彼此看着对方，心里却在想："真的要去上学吗？"

第十九章
捕　鱼

妈对她们说了很多关于学校的事情，可是罗兰对学校了解得越多，就越不愿意去上学了。她想象不出自己一整天见不着小溪会是什么样的心情。"妈，我是必须要去上学吗？"她问。

妈回答说："你马上就八岁了，是个大姑娘了，不能天天在小溪边乱跑，应该去读书识字。"

"可是，妈，我会认字啊。"罗兰央求着，"求你了，妈！别让我去上学好吗？我自己会读书，我现在就读给你听！"

她抓起桌上那本《米尔班克》就读起来："米尔班克的镇子上，门窗都关得紧紧的，门柄上的黑纱在风中飘舞……"

"罗兰。"妈打断了她，"你根本不是在读书，你只是把我读的东西背诵出来而已。去了学校，你不只要学习识字、读书，还能学到很多有用的东西，比如拼音、写字和算术。别再胡思乱想了，好啦，你和玛丽星期一一起去上学！"

玛丽正乖乖地坐着缝衣服，看上去就像是一个喜欢上学的好孩子。

屋外传来敲击铁锤的声音，爸站在斜顶小屋门口正在忙着。

罗兰飞奔到外面时，差点儿被爸的铁锤砸到。

"小心点，罗兰！"爸喊，"你看，差点儿就砸到你。我早该想到你会冷不丁地蹿出来。"

"爸，你在干什么呢？"罗兰问。爸正在把盖房子剩下的窄木板钉在一起。

"我在打一个笼子，用来捕鱼。"爸说，"想帮忙吗？你来帮我递钉子吧。"

罗兰把一枚枚钉子递给爸，爸把钉子钉在木板上。不一会儿，一个木箱的框架就出来了，这是个没有顶盖的、很狭长的箱子，木板之间留了很大的缝隙。

"这个箱子真的能捕到鱼吗？"罗兰问，"鱼虽然可以从这些缝里游进去，但还能游出来啊。"

"你等着看吧。"爸笑着说。

罗兰等着爸把钉子和铁锤收好，对她说："你跟我一起去捕鱼吧。"

罗兰拉着爸的手，一蹦一跳地和他走下小土丘，穿过草原，到了小溪边。他们沿着低矮的堤岸继续往前，穿过梅树林。那里的河岸偏低，小溪偏窄，水声很响。爸钻进灌木丛，往堤岸下走去，罗兰紧紧地跟着。

突然，他们眼前出现了一道瀑布。溪水流到瀑布的边缘，接着飞流直下，水花飞溅。冲下底部的水流又被卷上来，欢快地打着漩，急匆匆地流到远处去了。

这景象太美了，罗兰被深深吸引住了。不过，她得赶紧帮爸把捕鱼的箱子放到瀑布的下面去，这样从上面落下的溪水就会流进捕鱼笼里，激起很多水花，然后从缝隙间流出去。

"罗兰，你看，"爸说，"鱼顺着瀑布落进笼子里，小鱼能从缝隙里钻出去，但大点儿的鱼就跑不了啦！"

就在这时，一条大鱼从瀑布上滑下来。罗兰激动地喊起来："爸！快看啊！"

爸伸出双手，抓住那条鱼，把它捞了上来，那条鱼猛烈地甩动身子挣扎着。罗兰激动得差点儿在水里滑倒。他们欣赏着这条银灰色的大鱼，然后爸又把它放进了捕鱼笼里。

"爸，我们能不能多在这儿待会儿呢？"罗兰问道，"再多抓几条鱼吧，这样晚餐就够吃啦！"。

"可我还得去草棚里干活儿呢，罗兰。"爸说，"还要去给菜园子翻土，还得挖一口井，然后……"他顿了顿，看着罗兰，笑笑说："或许，再抓几条也耽误不了很多时间。"

爸蹲了下来，罗兰也在水边蹲下，静静地看着。小溪的水顺着瀑布飞流而下，晶莹的水花在阳光下闪耀，烟雾般清冷的水汽在水面升起，溅在罗兰的脖子上变成了热气，散发出阵阵清香。

"爸。"罗兰突然问，"我非得去上学吗？"

"是的，你一定会喜欢学校的。"爸说。

"可是我觉得我更喜欢小溪。"罗兰的声音有点儿伤感。

"别担心，我的宝贝。"爸安慰道，"你要知道，有很多孩子想上学都没有机会呢！在学校你能学习拼音和算术。你妈以前是一名教师，她跟着我来到西部，我曾经向她保证一定会把我们的孩子送去学校读书。为了实现这个承诺，我们才会定居在这里，因为这里离学校很近。玛丽快九岁了，你马上也满八岁了，是该上学的年纪啦。罗兰，上学的机会来之不易，你要好好珍惜啊。"

"嗯，我知道了，爸。"罗兰叹了口气。就在这时，有条大鱼从瀑布上滑下来，爸刚要去抓，突然又有一条鱼滑了下来。

爸砍下一根分了叉的树枝，剥去树皮，把鱼串在树杈上，然后他们扛着鱼一起回了家。妈看见他们满载而归，瞪大了眼睛。爸切掉鱼头，掏干净内脏，然后教罗兰刮鱼鳞。爸刮了三条鱼，罗兰刮了一条。

妈用面粉把鱼裹好，然后放进油锅里炸，晚饭时他们把鱼全吃光了。

"查尔斯！你总是能想出好法子。"妈说，"我正发愁该靠什么过日子呢！""现在正是春季，野兔都在哺育幼崽，鸟也躲在窝里孵小鸟，所以爸不能在这个时候打猎。

"等到小麦收获了，一切就都好了！"爸说，"到时候，我们每天都能有咸肉吃了，还有新鲜牛肉呢！"

那天之后，爸每天都会在出门干活儿前先去瀑布那里逮几条鱼回家，不过他总是捉到足够一家人吃就可以了，多余的鱼就放回小溪。

爸能捉到各种各样的鱼，有小银鱼、梭鱼、鲶鱼、牛鱼等，还有一些鱼连爸也不知道叫什么。那时候，全家一日三餐都能吃到鱼。

第二十章

去 上 学

星期一早晨终于来了。罗兰和玛丽洗完盘子马上跑进了阁楼，换上了她们做礼拜时穿的衣服。玛丽的衣服上有蓝色的树叶图案，罗兰那件则印着红色的树叶图案。

妈帮她们扎好了辫子，辫尾用线绳缠紧。她们没系缎带，怕不小心弄丢了。她们戴了刚洗过、熨过的太阳帽。

打扮妥当，妈把她们领到卧室。妈蹲在她放东西的箱子边，从里面取出了三本书——一本拼读课本，一本算术课本，还有一本阅读课本，这些书都是她小时候用过的。

妈严肃地看着，她们也不由得严肃起来。

"玛丽、罗兰，我现在把这几本书送给你们。"妈说，"我相信你们一定会珍惜它们，也一定会努力学习。"

"我们会的，妈。"她们回答。

妈把书交给玛丽保管，又把套着布袋的午餐盒递给了罗兰。

"宝贝们，再见啦！""妈说，"在学校里一定要听话。"

妈和卡琳站在门口送她们走，玛丽和罗兰沿着爸的马车印走过草原，杰克欢快地跟着她们。

她们蹚进水里的时候，杰克蹲在岸边，不安地发出呜呜的叫声。罗兰心疼地抚摸着杰克的脑袋，耐心地跟它解释，让它别再跟着了。不过杰克仍然一脸茫然，忧伤地坐在地上，看着她们穿过浅滩，越走越远。

玛丽和罗兰小心翼翼地在水里走着，生怕溅起来的水打湿了裙摆。一只蓝色的苍鹭挥动着翅膀，伸直长长的两条腿，从水面上飞走了。过了浅滩，罗兰和玛丽小心地走到草地上，等着脚变干。她们不能走在马车压出来的泥沙小路上，因为她们到学校时，脚必须是干净的。

回头看，绿色的大草原一望无垠，他们的房子远远地矗立在草丘上，已经变得很小了。妈和卡琳早回屋了，杰克还在浅滩上看着她们。玛丽和罗兰一路默不作声地往前走。

草原上，晶莹的露珠闪闪发光。云雀唱着动听的歌，细长腿的鹬鸟灵巧地走着，松鸡发出咯咯的叫声，后面跟着一群叽叽喳喳的小松鸡，兔子站立着，垂着爪子，长耳朵颤动着，瞪着圆眼睛打量着玛丽和罗兰。

爸嘱咐她们要沿着小路一直走，走两英里半，只要看见一座房子，就到镇上了。

湛蓝的天空中飘过一朵朵白云，草在风中摇曳。小路蜿蜒曲折，所以只看得见眼前的一小段，每往前走一段，它又继续向前延伸。这条路是爸的马车来回经过压出来的。

"罗兰！"玛丽喊道，"赶紧戴好遮阳帽！难道你想晒得像印第安人一样黑吗？你不怕镇上的那些女孩子笑话吗？"

"那有什么关系！"罗兰大声说。

"你在乎！"玛丽嚷道。

"才不！"

"你很在乎！"

"一点儿也没有！"

"你其实和我一样怕去镇上！"玛丽说。

罗兰这次没有反驳。过了一会儿她就戴好了遮阳帽，并把带子系好。

"无论如何，我们两个还可以互相做伴。"玛丽说。

她们走啊走，一刻不停地走了好久，终于看见小镇了。远远望去，小镇就像草原上随手摆放的几块木头似的。她们又走了一段下坡路，小镇被草坡挡住了。过了一会儿，小镇又一次在眼前出现，而且大了很多，也渐渐清晰，烟囱冒出的袅袅青烟已经依稀可见。

长着青草的干净小路变成了土路。土路绕过一座小房子和一家商店。商店前有个门廊，有台阶通到门口。再往前能看到一家铁匠铺，不过没有紧邻路边，门前有一大块空地。一个围着皮围裙的高大的男人正用力地拉着风箱，炉子里的炭火被吹得红红的。他拿着铁钳，把一块烧得通红的铁从炭火中取出来，然后用足了力气抡起大锤子敲打。砰！火星在阳光里飞溅。

经过铁匠铺，她们来到了一栋大房子的背面。玛丽和罗兰紧贴着大房子边走着，地面十分坚硬，没有长草。

在这栋大房子前面，另一条宽敞的土路和她们脚下的路交叉。玛丽和罗兰停了下来，看看泥土路对面的另两家商铺，一阵小孩子的打闹声从那边传来。爸告诉她们的路到这儿就结束了。

"走呀。"玛丽低声对罗兰说，可她自己却一动不动地站着，"我们到了，爸说过，顺着吵闹声就能找到学校了。"

此刻的罗兰真想马上掉头往家跑。不过她还是跟着玛丽慢吞吞地朝着吵闹声传来的方向走去。

她们走过那两家商铺，经过一大堆木板和屋顶板。爸肯定是在这儿买的盖房子的材料。接着，她们看到了学校。

学校就在土路尽头的草地上。一条狭长的小路穿过草丛通到学校的大门，许多男孩和女孩正站在门前。

罗兰沿着小路朝学校走去，玛丽跟在后面。孩子们看到她俩顿时停止了吵闹，全都好奇地打量着她俩。

罗兰抬着头迎着他们的目光走了过去，离他们越来越近。突然，她挥舞着手中的午餐盒，大声嚷嚷："你们太吵啦，简直就像一群松鸡！"

他们吃惊地看着她，不过罗兰自己更吃惊，她感到很羞愧。玛丽惊呆了，喊了声："罗兰！"

紧接着，一个头红发、满脸雀斑的男孩大声嚷道："你们是鹬鸟！鹬鸟！两只长腿鹬鸟！"

罗兰恨不得蹲在地下用手遮住双腿。她们的裙子太短了，镇上的女孩子穿的裙子比她俩的长一大截。她们还没搬到梅溪边的时候，裙子就已经有点儿短了，妈说她们的个子长得太快了，裙子都显短了。她们细细的腿看上去的确有点儿像鹬鸟的腿。

一时间，所有的男孩都跟着起哄，喊着："鹬鸟！鹬鸟！"

这时，一个红发女孩挤到男孩子们前面，大声喊："都闭嘴！你们太吵了！"她又朝那个红发男孩吼道："我叫你赶紧闭嘴，桑迪！"他乖乖地闭了嘴。

她走向罗兰，友好地说："你好，我叫克里丝蒂·肯尼迪，那个讨厌的男孩是我的弟弟桑迪，不过，他没有恶意。你们叫什么呢？"

她的辫子直直地翘在脑后，辫尾用绳子捆得紧紧的。她的眼睛是深蓝色的，深得发黑，脸蛋圆圆的，脸上长着许多雀斑，遮阳帽挂在背后。

"她是你的姐姐吗？"她指着玛丽问。这时，有几个大女孩正围着玛丽跟她说话。她接着说："那几个女孩是我的姐姐。最大的叫娜蒂，黑头发的叫凯茜，还有一个叫唐娜德，我们姐弟五个人。你有几个兄弟姐妹呢？"

"两个。"罗兰说，"我姐姐玛丽，家里还有个小妹妹卡琳，她和玛丽一样有一头金黄色的头发。我家里还有一条狗叫杰克。我家在梅溪边。你家住在哪儿？"

"哦，那个常常驾着马车过来的是你爸吧？那两匹枣红色的马有着长长的黑色鬃毛和尾巴。"克里丝蒂问。

"是的。"罗兰说，"一匹叫山姆，一匹叫大卫，是我们的圣诞节礼物。"

"你爸有时会从我家门前路过，我看到你们刚才也是从那个方向走来的，"克里丝蒂说，"就是过了比德家的商店、邮局和铁匠铺前面的那栋房子。我们的老师是伊娃·比德女士，那个女孩叫奈莉·奥尔森。"

奈莉长得很漂亮，有一头金黄色的鬈发，用两个大大的蓝色蝴蝶结扎着。她穿着用薄麻布缝制的白色长裙，上面几朵蓝色的花朵是绣上去的。她还穿着鞋子。

她耸了耸鼻子，看看罗兰，再看看玛丽，翘着鼻子："乡下丫头！"

罗兰还没来得及回嘴，就听到铃声敲响了。站在教室门前摇着铃铛的是一位年轻的女士，所有的男孩和女孩都一窝蜂地跑进了教室。

年轻的女士长得十分漂亮，棕色的头发垂到棕色的眼睛上面，头发被扎成了两根粗粗的辫子垂在后面。她穿着紧身上衣，前面系着一排亮闪闪的扣子，裙子束腰收紧，在后面形成一个环形的褶皱，然后蓬松地垂下来。她的脸上露出甜美的微笑。

她走到罗兰跟前，轻轻拍了拍她的肩膀，亲切地问："小姑娘，你是新来的吧？"

"是的，女士。"罗兰轻声回答。

"她是你的妹妹？"伊娃小姐又微笑地看着玛丽问。

"是的，女士。"玛丽说。

"你们跟我来。"伊娃小姐说，"我得在我的名册上把你们的名字记下来。"

她们跟着老师从教室穿过，站到了讲台上。

教室是新的木板搭成的，天花板是屋顶板做的，和罗兰家的阁楼一样。教室里摆着一排排长板凳，都是用平整光滑的木板做的，每条板凳都有靠背，靠背后面伸出两块木板，可以给后排同学当课桌。第一排长凳前没有课桌，最后一排长凳没有靠背。

教室两侧各开着两扇玻璃窗，大门也敞开着，阵阵微风吹进教室，夹带着青草的芬芳，透过门窗还看得见一望无垠的大草原和明亮的天空。

罗兰看着这一切，她和玛丽站在讲台上，向老师报告自己的名字和年龄，她没有转过身去看外面，不过眼睛却将这一切都看到了。

教室门口放着一个凳子，凳子上有一个水桶，角落里立着一把扫帚。讲台后的墙壁上挂着一块漆黑发亮的木板，木板下方有一道凹槽，里面放着几截白色的短棍儿，旁边还有一块木头，外面包着带毛的羊皮。罗兰琢磨着，它们究竟是用来做什么的呢？

玛丽告诉老师自己已经认识很多字，而且还能拼写。但罗兰看着妈给她们的书，摇摇头，她一个字也不认得，甚至连字母都认不全。

"没关系，罗兰，你可以从头学起。"老师说，"玛丽接着学习后面的内容。你们有写字板吗？"

她们摇摇头。

"我把我的借给你们，"老师说，"没有写字板没法学写字。"

她打开讲桌上面的板子，拿出一块写字板。那个讲桌就像一个高高的箱子，有一面没有木板，老师坐下的时候腿可以伸进去。桌盖上装着铰链，桌子里放着老师的东西，有她的书和尺子。

罗兰后来才知道，尺子是用来惩罚在课堂上违反纪律的学生的。谁在课上调皮捣蛋，或者偷偷说话，就会被老师叫到讲台上，伸出手掌，让老师用尺子狠狠地打几下。

不过，罗兰和玛丽上课的时候从不偷偷说话，也没有调皮捣蛋。她们并排坐在板凳上读书，玛丽的脚可以放在地上，罗兰的腿只能悬着。她们拿出书摊开在课桌上，罗兰从书的开头学起，玛丽则从书的后面开始学，中间的那部分书页竖了起来。

罗兰是班上唯一不识字的学生，所以只能一个人成一班。老师会专门空出时间把罗兰叫到讲台前，教她认识字母。第一天上学，罗兰没到中午就认识了 c–a–t，cat 了。突然她想起来了："p–a–t，pat。"

这让老师很惊讶。

"rat，rat！"老师说，"mat，mat！"罗兰跟着读起来，不一会儿她已经可以拼出课本第一行的全部单词了。

午饭时间，老师和别的同学都回家吃午饭去了，教室空荡荡的。罗兰和玛丽拎着午饭盒，在教室旁一块阴凉的草地上坐下，一边吃着黄油面包，一边聊天。

"我喜欢上学。"玛丽开心地说。

"我也喜欢。"罗兰说，"虽然在凳子上坐得腿有些酸。"

"不过，我不大喜欢那个叫奈莉的女孩，她说我们是乡下丫头。"罗兰说。

"我们本来就是乡下丫头呀。"玛丽说。

"可她说我们的时候，那耸鼻子的样子真让我受不了。"罗兰说。

第二十一章
自以为是的奈莉

那一天，杰克一直在浅滩等她们到傍晚。她们边吃晚饭边把学校里发生的事讲给爸妈听。当她们说到老师把石板借给她们用时，爸摇了摇头。他告诉她们以后绝不能再借老师的石板用。

第二天早晨，爸打开小提琴盒子，数了数里面的钱。他给了玛丽一枚圆银币，让她去买一块石板。

"多亏了这条小溪。"爸说，"里面的鱼足够我们坚持到收麦子的时候。"

"土豆眼看也要成熟啦。"妈一边说，一边用手帕把银币包起来，然后拿出别针固定在玛丽的口袋里。

一路上，玛丽紧紧地捂住口袋。轻柔的风迎面吹来，蝴蝶和鸟儿在摇曳的小草和野花之间飞舞，几只野兔在草丛里蹿来蹿去。天空晴朗，阳光灿烂。罗兰拎着午餐盒，一路上又跑又跳。

到了小镇上，她们沿着土路走上台阶，来到奥尔森先生家的商店——爸让她们到这里先买石板。

商店里有一个长长的木柜台，柜台后面有好几排高高的杂货架，上面摆放着琳琅满目的商品，有锅碗瓢盆，有油灯、灯笼、彩布。另一面墙壁旁放着犁具、几桶钉子和几卷铁丝。墙上挂着斧子、锯、小刀和锤子。

柜台上摆着一大块金黄色的圆形奶酪，柜台前的地板上放着一桶蜂蜜、一满桶泡菜、一大木箱饼干，还有两大木桶糖果。那是罗兰她们在圣诞节才吃得到的糖果，有满满的两大桶呢！

突然，奈莉和她的弟弟威利从商店后门闯了进来。奈莉皱起了眉头，威利充满嘲讽地叫唤起来："哎呀！长腿鹬鸟！"

"住嘴，威利。"奥尔森先生赶忙制止。但威利还是继续嚷："鹬鸟！鹬鸟！"

奈莉从玛丽和罗兰身边跳过去，在一个糖果桶里抓出一把糖果，威利也跟着从另一只桶里抓了满满一把糖果。然后，两个人轻蔑地看着罗兰和玛丽，一块接一块地把糖果往嘴里塞，一颗都不肯分给她们。

"奈莉、威利，你们俩赶紧离开这里！"奥尔森先生生气地说。

可他们俩仿佛没听见，仍旧站在原地，得意扬扬地吃着糖果。奥尔森先生不再理会他们。玛丽拿出银币递给奥尔森先生，他拿了块石板给玛丽，说："你还要有一支石笔。一支只要一分钱，先拿着吧。"

一旁的奈莉马上插嘴："她们一分钱都没有。"

"没关系，你们先拿去用。"奥尔森先生说，"下次等你爸到镇上来，让他给我一分钱就可以啦。"

"不用啦，先生，谢谢您的好意。"玛丽回绝了，跟罗兰转身走出了商店。出了商店门，罗兰忍不住回头看了一眼，奈莉正吐着被糖果染得花花绿绿的舌头，冲她们扮鬼脸呢。

"天啊！"玛丽说，"我无论怎么做，都不可能做得像奈莉那么过分。"

罗兰心里想，如果能得到爸和妈的允许，我绝对能对奈莉做出更过分的事，让她知道一下被羞辱的滋味。

她们欣赏着手中光滑的石板，浅灰色的石板显得非常干净，边缘镶嵌着平整的木框，四个角牢牢地嵌在一起。这块石板真漂亮，不过她们还差一支石笔。

购买这块石板就用掉了爸的一笔钱，她们不能再管爸妈要一分钱了。她们默不作声地走着。突然，罗兰想起她们在印第安保留区过圣诞节时得到的一分硬币，她们一直珍藏着，那是她们在袜子里发现的。

玛丽和罗兰每人都有一枚一分钱的硬币，但她们买一支石笔就可以了，所以她们商量了一下，决定先用玛丽的那枚硬币去买石笔，这样罗兰的那枚硬币便有一半归玛丽所有。第二天早晨，她们买到了石笔。不过，这次不是从奥尔森先生的商店买的，而是去了比德先生的商店。老师就住在那儿，她们买完石笔和老师一起去了学校。

整个漫长而炎热的夏季，玛丽和罗兰天天上学。她们喜欢上了学校。她们喜欢读书、写字和做算术，喜欢每个星期五下午的拼写测验。罗兰还喜欢课间休息，所有的女孩子都冲出教室，冲进草丛里，沐浴着热情的阳光，享受着和煦的清风，摘一些野花，或者一起做做游戏。

男孩子在教室的一边玩游戏，女孩子则在教室另一边玩，几个年龄稍大的女孩子在台阶上乖乖地坐着，举止像淑女一样，玛丽也跟她们坐在一起。

小女孩们总是玩"围着玫瑰转圈"的游戏，这是奈莉提出的，尽管大家早玩够了，可谁都不敢违抗奈莉。有一天，奈莉还没开口，罗兰就抢先说："我们玩'约翰叔叔'的游戏吧！"

"好啊，好啊！"所有的女孩子都高兴地拍起了手。她们一起手拉手准备开始游戏，突然，奈莉一把抓住罗兰的辫子，气急败坏地把她拽倒在地。

"不准玩别的！"奈莉嚷着，"你们必须玩'围着玫瑰转圈'！"

罗兰猛地跳起来，只想狠狠地赏奈莉一记耳光。不过她还是停了下来，因为她想起爸说过不许打人！

"罗兰，别管她，我们接着玩。"克里丝蒂拉起罗兰的手说。此时的罗兰只感觉脸火辣辣的，头阵阵眩晕，不过她还是和其他女孩一起在奈莉周围围成了一个圈。奈莉又一次占了上风，神气十足地甩了甩卷发，抖了抖裙子。突然，克里丝蒂唱了起来：

约翰叔叔生病了，

送什么给他最好呢？

别的女孩也跟着唱了起来。

"不行！你们不准玩这个！我要玩'绕着玫瑰转圈'！"奈莉歇斯底里地大声尖叫着，气得面红耳赤，不过大家都没有理睬她。"我再也不和你们玩了！"她冲出圆圈跑走了。

"好吧，莫德，你站到圆圈里面去吧。"克里丝蒂说。她们又从头唱道：

> 约翰叔叔生病了，
>
> 送什么给他最好呢？
>
> 蛋糕、饼干，
>
> 还有面包和苹果。
>
> 用什么来装最好呢？
>
> 金盘子最好啦。
>
> 让谁送去最好呢？
>
> 总督的女儿最好啦。
>
> 总督的女儿不在家，
>
> 谁去送最好呢？

接着，所有的女孩不约而同地喊："罗兰·英格斯最好啦！"

罗兰开心地走到圆圈中间，大家围着她转着圈边唱边跳。她们一直高兴地玩着这个游戏，直到老师摇铃才回了教室。奈莉坐在教室里号啕大哭，她简直要被气疯了，信誓旦旦地说自己再也不理罗兰和克里丝蒂了。

可到了下个星期，她却邀请了全体女孩星期六下午去她家参加派对，还特别邀请了罗兰和克里丝蒂。

第二十二章

镇上的派对

罗兰和玛丽从来没参加过派对，也不明白什么是派对。妈告诉她们，派对就是朋友们聚在一起，分享快乐时光。

星期五晚上，妈把她们的衣服和遮阳帽洗好晾了起来。星期六早上熨烫平整。罗兰和玛丽起床后洗了个澡，平时她们都是晚上才洗澡的。

她们换好衣服走下楼梯。妈说："你们可真美，像花儿一样。"妈把蝴蝶结系在她们头发上，让她们注意别弄丢了，还一再嘱咐她们要乖点儿，要有礼貌。

她们走进小镇后先和凯西和克丽丝蒂碰头。凯西和克丽丝蒂也没参加过派对。四个女孩怯生生地推开奥尔森先生商店的门，奥尔森先生对她们说："欢迎，请进！"

她们穿过糖果桶、泡菜桶和犁具，走到商店的后门。后门大敞着，精心打扮了一番的奈莉正站在门口，奥尔森太太在里面招手请她们进去。

罗兰从没见过这样漂亮的房间。她差点儿连"下午好，奥尔森太太"这句简单的礼貌语都说不清了。

客厅的地板上铺着厚厚的以棕色和绿色为主色调的地毯，上面点缀着红色、黄色的螺旋花纹。罗兰光着脚踩在上面感觉有些粗糙。屋子的墙壁和天花板上都是由一根根光滑的窄木板拼接而成的，木板之间有细细的凹槽。墙上挂着一些漂亮的装饰画。桌子和椅子都是用黄木做的，光滑如镜，桌子腿和椅子腿都是浑圆厚实的。

"小姑娘们，去卧室吧，你们的帽子可以摘下来了。"奥尔森太太说话很客气。

卧室床架的木头同样很光滑。另外还有两件家具：一件家具由几个抽屉叠在一起，最上面有两个小抽屉和一个弧形的木框，木框镶有一面镜子。另一件家具的上面放着一个瓷盆，盆里还有一个瓷水壶和一个装着肥皂的小瓷碟。

这两个房间都装着玻璃窗，每扇窗户都装着白色蕾丝的窗帘。

在前面那间卧室后面有一间很大的斜顶小屋，里面有一个炉灶，和妈的新炉灶一样。墙上还挂着大大小小的铁壶、铁锅。

女孩子都到齐了，奥尔森太太忙碌地穿梭在她们中间，长裙发出沙沙的声响。罗兰想静静地看个够，可这时奥尔森太太说："好了，奈莉，把你的玩具拿出来让朋友们玩玩吧。"

"她们玩威利的玩具就可以了。"奈莉说。

"谁都不许骑我的三轮脚踏车！"威利抗议。

"你的挪亚方舟和玩具大兵可以让她们玩呀。"奈莉说。

威利不情愿地叫嚷起来，奥尔森太太说了他两句。

罗兰从未见过像挪亚方舟这样有趣的玩具。所有的女孩子都跪在地上，围着挪亚方舟兴奋地尖叫，高兴地大笑。这套玩具中有斑马、大象、老虎、马……活脱脱像是从《圣经》的插图里跑出来的一样。

玩具锡兵整齐地站成两队，穿着鲜艳的蓝色和红色制服。

玩具里还有一个筋斗娃娃，是用切割的薄木片做成的，它的裤子和外套是用条纹纸做的，脸上刷了一层白漆，脸蛋画得红彤彤的，眼睛周围画着眼圈，头上戴了顶高高的帽子。它双手抓住一根拧紧的麻绳，绳子两头拴着两根红色的细木条。木条一拉，它就会跳舞。它会在绳子上翻筋斗、倒立，还能用脚来摸自己的鼻子。

这些玩具太有趣了，就连大些的女孩子们也惊喜得尖叫起来，叽叽喳喳地说个不停。筋斗娃娃的表演把女孩们逗得眼泪都要流出来了。

这时，奈莉走到她们中间，说："你们可以看看我的娃娃。"

这个瓷娃娃，脸颊光洁红润，双眸黑亮，小嘴红红的，乌黑的鬈发，一双白净的小手，脚上穿着一双黑色的靴子。

"噢！"罗兰叫起来，"这个娃娃可真漂亮啊！奈莉，她叫什么名字？"

"这有什么好稀罕的，这只是一个旧娃娃，我并不是很喜欢她。"奈莉说，"你们看看我的蜡人娃娃吧。"

她随手把瓷娃娃丢进抽屉，又取出一个长盒子，放到床上，打开盖子。所有的女孩子都围上来看。

盒子里躺着一个布娃娃，就像是真的小孩一样。柔软的金色鬈发披散在小枕头上。她的小嘴微微张开，露出白色的牙齿，眼睛闭着，仿佛正在沉睡。

奈莉把娃娃拿起来，她马上睁开了蓝色的大眼睛。然后，娃娃竟然点头微笑，手臂缓缓向前伸出，叫了一声："妈！"

"我要是打她的肚子，她还会哭呢。"奈莉得意地说，"瞧！"说着，她用力在娃娃的肚子上打了一拳，娃娃发出了可怜的哭声：

"妈！妈！"

这个蜡娃娃穿着蓝色的丝裙，里面的衬裙有褶子和蕾丝花边，还穿着短衬裤，而且每件衣服都可以脱下来，她脚上的蓝色小皮鞋也是真的。

罗兰一句话也没说。她说不出来，她脑子一片空白，这个娃娃太奇妙了。她并没有打算去摸她，可她的手却不由自主地碰了碰娃娃的蓝色丝裙。

"你不准碰她！"耳边传来奈莉刺耳的尖叫，"把你的脏手拿开，罗兰！"

奈莉猛地把娃娃抱在怀里，转过身去。罗兰的视线被挡住了，看不到蜡娃娃了。

罗兰脸涨得通红，走到一把椅子上坐着。其他的女孩子都不知所措地站在原地，看着奈莉把盒子放进抽屉里，然后用力地把抽屉关上。接下来，她们又回去看那些动物、玩具士兵和筋斗娃娃了。

过了一会儿，奥尔森太太进来了，她问罗兰为什么不和大家一起玩。罗兰说："我想坐一会儿，谢谢您，夫人。"

"那你想看书吗？"奥尔森太太和蔼地问她，找出两本书放在罗兰的腿上。

"非常感谢，夫人。"罗兰说。

她很小心地拿起书，轻轻翻动书。其中的一本很薄，连封皮都没有，几乎都算不上是一本书，而是一本杂志，是专给孩子看的那种。另外一本有厚厚的、亮亮的封皮，封皮上画着一个骑在扫把上的老妇人，她戴着尖尖的帽子，从一轮黄色的大月亮前飞过。在她的头顶上写着书名《鹅妈妈故事集》。

罗兰完全想不到世上居然有如此美妙的书。这本书的每一页都配着一幅插图还有一首小诗。她沉浸在书中，把派对抛到了九霄云外。

突然，奥尔森太太的声音传来："快来吧，小姑娘。你想让别人吃光你的蛋糕吗？"

"是的，夫人，"罗兰说，"哦，不，夫人。"

餐桌上铺着雪白的桌布，上面摆着一个漂亮的洒满糖霜的蛋糕和几支高脚杯。

"我要最大的那块！"奈莉一边喊一边从蛋糕上抓下了一大块。其他女孩子都端坐在桌边，等着奥尔森太太把切好的蛋糕放在碟子里递给她们。

罗兰拿起高脚杯，喝了一小口，甜甜的，带着清香。

"柠檬汁够甜吗，姑娘们？"奥尔森太太问。罗兰才知道自己喝的是柠檬汁。她从没尝过这种东西。喝下第一口时，柠檬水是甜的，然后她吃了一口蛋糕，再喝时，那水竟变成酸酸的啦。不过，每个女孩子都彬彬有礼地回答："很甜，谢谢您，夫人。"

女孩子们吃蛋糕时都很小心，生怕蛋糕屑弄脏了桌布，也没有弄洒一滴柠檬水。

到该回家的时候了。罗兰按妈教她的说："奥尔森太太，谢谢您的款待！今天我玩得太开心了！"别的女孩子也纷纷表达了谢意。

她们走出商店，克丽丝蒂对罗兰说："奈莉太可恶啦！你怎么没给她一个耳光。"

"哦，我不能这样做。"罗兰小声说："我一定会报复她的。嘘！这千万不能让玛丽知道。"

杰克一直孤独地蹲守在浅滩边。星期六罗兰不在家，这意味着它必须再等上一个星期，罗兰才能陪它在梅溪边玩。

　　玛丽和罗兰把派对上有趣的事情讲给妈听，妈说："我们接受别人的款待，必须要回请才合规矩。孩子们，你们去邀请奈莉和其他女孩子来我们家参加派对吧。时间就定在下个星期六吧。"

第二十三章
乡下的派对

"你们星期六能来我家参加派对吗？"罗兰向克丽丝蒂、莫德、奈莉等几个女孩发出邀请，玛丽问了那些大一点儿的女孩子，大家都愉快地接受了邀请。

星期六早上，房子被收拾得格外漂亮，杰克今天不能进屋，因为怕它弄脏房间。玻璃窗擦得干净明亮，新洗过的镶着花边的窗帘雪白笔挺。地板被擦得锃亮。架子上的纸星星都换成了新的。妈做了泡泡蛋糕。

这种蛋糕是用鸡蛋和白面粉做成的。妈先将蛋液和面粉混合在一起搅拌均匀，然后揉成一个个小圆团放进油锅里炸。面团先是沉到油锅底部，不一会儿就冒上来，浮在油面上，在油里翻滚，直到露出金黄色的底部，接着面团开始膨胀，鼓成球形，就算熟了，妈用叉子把它叉出来，搁在橱柜里，留着派对上吃。

客人们要到了，罗兰、玛丽、妈和卡琳都打扮好等着。罗兰还把杰克的毛发洗刷了一番，不过，它的黄白相间的短毛向来很干净、漂亮。

罗兰带着杰克跑到了浅滩。阳光下，女孩子嘻嘻哈哈地在小溪里蹚水，水花四溅，只有奈莉没有加入，她不想弄湿鞋子和长袜。她抱怨说碎石会弄疼她的脚，她说："我不想光脚，我想穿着鞋子和袜子。"

奈莉穿着一套新衣服，头发上戴着一个崭新的大蝴蝶结。

"它就是杰克吗？"克丽丝蒂问道，女孩子们纷纷过来摸摸它，夸它乖巧。可当杰克热情地对着奈莉摇尾巴时，她却大声呵斥道："快滚开，别碰脏我的衣服！"

"杰克才不会碰你的衣服。"罗兰说。

她们走在摇曳的草丛和野花之间的小路上，来到了小屋，妈就在屋里等候大家，玛丽把女孩们一一介绍了一遍，妈笑着跟每个女孩打招呼。不过奈莉傲慢地整理了一下衣服，对妈说："我可不会穿我最好的衣服来参加一个乡下派对。"

奈莉怎么可以对妈如此无礼！罗兰真的生气了，她完全把妈的叮嘱抛到了脑后，也不在乎爸是否会惩罚她。此刻，她只有一个念头，就是报复奈莉。

妈丝毫没有生气，微笑着说："你的衣服真漂亮，奈莉。我们很高兴你能来参加派对。"可是，罗兰绝对不能原谅奈莉。

女孩们都很喜欢罗兰家这座干净漂亮的木屋，屋子敞亮通透，周围是一望无际的大草原，阵阵花草的清香扑鼻而来。她们爬到阁楼上参观。她们都没住过这样的房间。奈莉突然问："你的布娃娃呢？"

罗兰不想让奈莉看自己心爱的夏洛蒂，说："我不玩布娃娃，我只喜欢在小溪里玩。"

于是，女孩们走出木屋，杰克也跟着。罗兰带她们看干草垛旁边的小鸡，欣赏绿油油的田垄和茂密的麦田。她们跑下小土丘，来到低矮的堤岸边。绿树成荫的杨柳下，溪水正欢快地流着，河床逐渐变宽，溪水也在渐渐变浅，从闪闪发亮的卵石上流过，然后从木板桥下流进齐膝盖深的水潭里。

玛丽和那些大女孩子慢慢走下溪水，她们还带上了卡琳。罗兰、克丽丝蒂、莫德和奈莉把裙子撩到膝盖上，走进清凉的溪水里。她们在小溪里打水仗，水花飞溅的声音和尖叫声此起彼伏，水里的鱼儿被吓得仓皇逃窜，成群结队游到浅滩那边去了。

阳光下的小溪波光粼粼，大女孩们领着卡琳在浅滩踩水玩，还去捡漂亮的小石头。小女孩们在木板桥那儿玩起了捉迷藏，她们在清凉的溪水里玩一会儿，又到温暖的草地上跑一会儿。就在大家玩得兴高采烈的时候，罗兰想到了一个捉弄奈莉的主意。

她把小女孩们叫到了螃蟹窝附近玩耍，嬉闹声和踩水声惊动了石头下面的大螃蟹，它从石头下探出脑袋，愤怒地挥舞着大钳子。罗兰把奈莉向大螃蟹那里挤过去，接着，她猛地朝那块石头踢出一波水，然后尖叫起来："啊！小心！奈莉！小心！"

那只大螃蟹正向着奈莉爬去，眼看就要夹住奈莉的脚指头了。

"快跑！"罗兰一边尖叫，一边把克丽丝蒂和莫德向木板桥那边推。这时奈莉慌了神，尖叫着朝梅树丛的方向跑去。罗兰站在碎石上，回头看了看大螃蟹寄居的石头。"奈莉，别再往前跑了，"她说，"等一等，别乱动。"

"天哪！那是什么东西？它追过来了吗？"奈莉问。她忘了撩裙子，现在裙子和衬裙都泡在了水里。

"那是大螃蟹。"罗兰说，"它可厉害了，大钳子能夹断粗树枝，也能把我们的脚指头夹断！"

"噢！那它还跟着我吗？它现在在哪里？"奈莉惊慌地问。

"你待在那儿别动，我看看。"罗兰说着慢慢地走进小溪里，故意走走停停，低头四处张望。大螃蟹其实早就躲到石头下面去了，可罗兰没吱声。她慢慢地走到木板桥那里，奈莉则一直躲在梅树丛下面的泥水中。罗兰慢慢地走回来，对奈莉说："好了，可以出来啦。"

奈莉走到清水里，生气地嘟囔着，小溪太可怕了，她不想玩了。她要把粘了泥的裙子洗干净，再把脚洗干净，这时，她突然撕心裂肺地尖叫起来。

她的脚和腿上爬满了一只只土褐色的水蛭。她试图把其中一只扯下来，可是并没有成功，于是立刻尖叫着跑到堤岸上，抬起腿使劲儿地踢着，想把恶心的东西甩掉。罗兰笑得倒在草地上打滚。"快看呀，快看啊！"她叫着，"奈莉跳舞的样子多有趣！"

女孩子们都跑过来。玛丽让罗兰把奈莉腿上的水蛭弄下来，可是罗兰仍然哈哈笑着在草地上打着滚。

"罗兰！"玛丽大声吼道，"快点儿把那些东西扯下来，不然我这就去告诉妈！"

罗兰止住了笑声，起身去把水蛭扯掉。女孩们看到水蛭被扯得越来越长时恐惧得发出了尖叫，奈莉吓得边哭边说："我讨厌你的派对！我要回家！"

妈听到哭闹声也赶到了小溪边，她温柔地安慰奈莉，告诉她水蛭并不可怕。然后招呼大家回木屋吃东西。

桌子被妈精心布置了一番，上面铺着家里最新的白桌布，桌上的蓝色水壶里插满了鲜花。桌子两边摆着长凳。锃亮的锡杯里装满了地窖里冰过的鲜牛奶，大托盘里堆满了金灿灿的滚圆的蛋糕。

蛋糕酥松可口，不太甜，入口即化，里面是空心的，就像大泡泡一样。姑娘们一个接一个地吃着，说她们从没吃过这么美味的东西，还问妈这种蛋糕叫什么。

"这是泡泡蛋糕。"妈回答，"因为它们非常蓬松，里面空空的，

就像泡泡那样。"

泡泡蛋糕太多啦，她们尽情地吃着，直到吃不下为止，接着她们又开始喝香甜可口的冰冻牛奶。派对结束了，女孩子们都彬彬有礼地道谢，除了奈莉，她还怒气未消。

罗兰却一点儿不在乎。克丽丝蒂悄悄捏了罗兰一下，凑到她耳边说："我从没像今天这样开心过！奈莉这是罪有应得！"

罗兰一想起奈莉在溪流岸边踢腿喊叫的样子，就觉得痛快。

第二十四章
去 教 堂

星期六晚餐过后，爸坐在门口的台阶上抽烟斗。

罗兰和玛丽坐在爸的两侧，紧紧依偎着他。妈坐在屋里的摇椅上，抱着卡琳，轻轻晃动着摇椅。

星星低垂在夜空分外明亮。风停了，梅溪在喃喃自语。

"今天下午在镇上听大伙说明天新教堂要举办一场布道会，"爸说，"我遇到了教区的牧师奥尔登，他邀请我们全家去参加，我答应了他。"

"噢，太好了，查尔斯！"妈很激动，"我都记不得上次去教堂是什么时候了！"

罗兰和玛丽从来没见过教堂，不过听妈的口气，她们猜到去教堂一定比参加派对更有意思。过了一会儿，妈说："我的新衣服做好了，真是太开心了！"

"你穿上它一定会漂亮得像花朵一样。"爸说，"我们明天早点儿出发。"

第二天一大早全家人都手忙脚乱，草草地吃完早餐，匆匆做完家务，妈用最快的速度给卡琳和自己换好衣服，然后冲着阁楼着急地喊："孩子们！赶紧下来，你们还没系蝴蝶结呢。"

罗兰和玛丽急匆匆地下楼，然后站在楼梯口不动了，瞪大了眼睛看着妈。她穿上新衣服真是太漂亮了。这是一条黑白相间的印花布裙，上衣布满了窄窄的白色条纹，还有一些黑白的宽条纹。小小的立领镶着花边，花边绕着脖颈延伸出来，在胸前打成了蝴蝶结，妈用一根闪亮的金色胸针把立领和蝴蝶结别在了一起。上衣的正中有一排黑色纽扣，裙子在背后收紧，向上拢成一个蓬松的褶子，好看地垂落下来。

妈脸颊红润，眼睛里闪烁着光芒，看上去容光焕发。

她让罗兰和玛丽转过身去，迅速把蝴蝶结牢牢地绑在她们的辫子上。然后，她领着卡琳和大家一起走到了门外，锁上门。

卡琳打扮得就像小天使，她洁白的衣服和遮阳帽上都镶着花边，金色的鬈发从遮阳帽下露出来，垂落在脸颊边。卡琳眼睛睁得大大的，看上去一本正经的样子。

罗兰突然注意到玛丽辫子上系的是粉红色的蝴蝶结。她刚要叫，又赶紧用手捂住了嘴。她偷偷扭头看看自己的辫子，上面系的正是玛丽的蓝色蝴蝶结。

玛丽这时也注意到了，不过姐妹俩相视一笑，什么也没说。妈一定是太着急了，所以把蝴蝶结弄错了。她们都希望妈不要发现这个错误。因为其实罗兰早就厌倦了粉红色的，玛丽也不怎么喜欢蓝色的。可是妈坚持让玛丽系蓝色的，因为她的头发是金黄色的，而罗兰是棕色头发，所以配粉红色的更好看。

爸从马棚那边把马车赶了过来，拉车的山姆和大卫已经被爸洗刷得干干净净，鬃毛在阳光下闪闪发亮。它们骄傲地抬抬蹄子，甩甩头，鬃毛和尾巴像波浪一样起伏。

马车座子上铺着干净的毛毯，车厢的地上也铺了一块。妈在爸的搀扶下小心地踩着车轮上了车，然后爸把卡琳抱到妈腿上，又抱起罗兰轻轻放进车厢去。这时罗兰的辫子跟着飞了起来。

"哎！"妈惊呼，"我把你们的蝴蝶结系错啦！"

"没人会注意这个的，小心点儿，我们的车子正在飞奔呢。"爸说。

姐妹俩坐在干净的毯子上，罗兰把辫子拉到前面，玛丽也把辫子拉过来，她们互相看着，会心地笑了。罗兰只要一低头，就能看到自己辫子上漂亮的蓝色蝴蝶结，而玛丽看到粉红色的蝴蝶结也一样开心。

爸惬意地吹着口哨，山姆和大卫一路小跑。过了一会儿，爸开始唱歌了：

哦——
每个星期日早上，
我心爱的人就在我身旁，
我们等着马车快快到来，
载着我们去兜风！

"查尔斯，"妈小声提醒他，"今天可是星期日。"于是全家人开始唱起了赞美诗：

有个幸福的国度，
在那遥远的地方，
圣徒们沐浴在荣光中，
光芒像白昼一样明亮！

梅溪的水从柳树荫下涓涓而过，沿着宽阔平坦的河岸往前流淌，在阳下金光闪闪。山姆和大卫蹚着溪水，溅起一片片水花，水波从车轮边荡漾开。驶过浅滩，他们进入辽阔的大草原。

车轮沿着绿草掩映的小路轻盈地向前滚动。鸟儿、蜜蜂都在快乐地歌唱，辛勤劳动的大黄蜂在花丛中飞舞，草丛中偶尔蹿出一只大蚂蚱，忽闪着翅膀飞走了。

不一会儿，他们就到了镇上。铁匠铺还没开门，商店的门也紧紧关着，一切都是静悄悄的。一些人穿着整齐的衣装，拉着同样衣着整齐的孩子们，人们沿着尘土飞扬的大街，向教堂走去。

教堂是新修的一幢建筑，离学校不远。爸驾着马车从草地上的小路驶向教堂。教堂外表看起来有点儿像学校，只是屋顶上有一个小小的尖顶房间，四面都是空空的，没有围墙。

"那是什么？"罗兰问。

"罗兰，不许指指点点的。"妈说，"那是钟楼。"

到了教堂外高高的台阶旁，爸停下了马车，把妈扶下来，再抱下卡琳。罗兰和玛丽自己爬了下来。然后爸把篷车驾到教堂的树荫下，卸下山姆和大卫，把它们拴好。罗兰她们就在台阶上等着。

人们沿着草坪登上台阶，走进教堂。教堂里传出阵阵严肃而低沉的声音。

爸把卡琳抱在怀里，和妈一起走进教堂，罗兰和玛丽轻手轻脚地跟在后面，全家人在一条长凳上并排坐下。

教堂里面和学校看起来差不多，不过这里给人一种空旷的奇怪感觉。任何碰到木板墙的细微的声音都会引起深远的回声。

讲台上，有一张高高的桌子，后面站着一个身形消瘦的高个子男人。他身穿黑色长袍，系着黑领结，脸上的一圈络腮胡子和头发都是黑的。他的声音听起来柔和亲切，他祷告了很久，人们都低着头，默默地听着。罗兰也乖乖地坐着，欣赏着辫子上蓝色的蝴蝶结。

突然，有人低声说："跟我来。"

罗兰吓了一跳，她抬起头来，只见一位美丽的蓝眼睛的女士站在她旁边，温柔地冲她微笑。她对罗兰接着说："小姑娘们，跟我来，去上主日学校。"

妈对罗兰和玛丽点了点头，她们就从长凳上下来，心里还在纳闷，为什么星期日也要上学。

她们跟着女士来到教堂的一个角落，学校里的女生都在这里，大家都疑惑地看着彼此。女士把长凳拉开围成一个圈。她坐了下来，让罗兰和玛丽坐在她旁边。等所有女孩子都坐下，女士做了自我介绍，说她是道尔夫人，然后问了每个女孩的名字。接下来，她说要给大家讲个故事。

一开始，罗兰很高兴，可是听到开头她就不想听了。道尔夫人说："很久很久以前，在埃及有一个刚出生的小婴儿，他的名字叫摩西……"

这个故事，罗兰早就听妈讲过了，甚至连卡琳都记住了。

故事讲完后，道尔夫人笑得更甜蜜了，她说："接下来，我们学习《圣经》的一小节内容，你们愿意吗？"

"愿意，夫人。"女孩子们整齐地回答。道尔夫人轮流给每个女孩念了《圣经》中的一小节，并嘱咐她们要记住这些内容，下个星期日过来时要背诵出来，这就是主日学校的功课。

轮到罗兰的时候，道尔夫人温柔地把她搂在怀里，露出像妈一样温暖、甜美的笑容。说："我最小的女孩子就来学《圣经》中最短的一节好啦。"

其实罗兰已经猜到是什么内容了。道尔夫人的眼睛里依然充满了笑意，她说出了那两个字，然后问罗兰："你能保证在一个星期里都不会忘记它吗？"

罗兰对道尔夫人的话感到很惊讶，要知道她早已经背下了《圣经》里很长的章节以及整篇的诗歌。不过她并不想让道尔夫人尴尬，于是她回答说："是的，夫人。"

"这才是我的乖女儿！"道尔夫人说。不过罗兰只是妈的乖女儿呀。

"我再读一遍，帮你记牢一些。"道尔夫人说："只有两个字，你可以跟我一起念一遍吗？"

罗兰觉得很别扭。

"你可以的。"道尔夫人鼓励道。罗兰深深地低着头，轻轻地念出这两个字。

"你真了不起！"道尔夫人说，"你一定会尽力记住它，到下个星期日背诵给我听，对吗？"

罗兰点点头。

这时，全场的人都起立，一起高唱圣歌。不过，大部分人并不知道曲调和歌词。罗兰只觉得后背一阵发麻，耳朵里嗡嗡作响。当大家重新落座，她终于舒了一口气。

接着，讲台上瘦高个子男人开始讲话。

罗兰有些不耐烦了，觉得这个男人大概永远也说不完。她朝窗外看去，蝴蝶正自在地飞舞，青草随风摇摆。微风吹过屋檐发出了沙沙声。她低下头看看辫子上的蓝色蝴蝶结，又仔细审视自己的每根手指，把手指伸直，欣赏了一会儿，又用两手搭成一个角。然后，她又抬起头看屋顶的圆石。她感到腿有些痛了，因为悬着不动好久了。

终于，所有人站了起来，他们可以回家啦。

那个瘦高个的男人站在门口，他就是奥尔登牧师。他跟妈、爸握手，还聊了一会儿。然后他弯下腰来，握了握罗兰的手。

他用蓝眼睛温柔地望着罗兰，朝她微笑着，洁白的牙齿从浓密的黑胡须里露出来。他问："你喜欢主日学校吗，罗兰？"

突然间，罗兰一下子喜欢上主日学校了，她说："喜欢，先生。"

"那你每个星期日都要来啊！"他说，"我们期待你的到来。"罗兰觉得他说的是客套话，他不会一直记得自己说过的话。

回家的路上，爸说："卡洛琳，看到这么多人都像我们一样规规矩矩，努力工作，和他们待在一起真开心！"

"是的，查尔斯！"妈充满感激地说，"整个星期最期盼的就是这一天，的确非常开心。"

爸转过头问玛丽和罗兰："宝贝们，今天是你们第一次上教堂，感觉如何？"

"他们唱歌真难听。"罗兰说。

爸听了哈哈大笑，然后解释说是因为没有人给大家起调子的缘故。

"查尔斯，"妈说，"现在别人都有赞美诗唱本了。"

"或许再过些日子我们也有能力买上一些唱本。"爸说。

打那天起，罗兰和玛丽每个星期日都会去上主日学校。她们上了三四次主日学校后，才又一次见到奥尔登牧师来给大家做礼拜。奥尔登牧师住在东部，负责主持那里的教堂，这里只是他在西部的布道教堂，所以不会每个星期日都到这里来。

因为星期日有主日学校可去，上完课还能聊聊天，所以这天再也不像过去那样漫长而乏味了。特别是奥尔登牧师出现的那个星期日格外美好。他总记得罗兰和玛丽，称呼她们为"我那住在乡村的小姑娘"。罗兰平日里也常常想念他。

一天，爸、妈、玛丽和罗兰围坐在餐桌旁，谈论着做礼拜的事情。爸说："如果我还想跟那些衣着整齐的人们待在一起的话，就必须买双新皮靴了。"他说着，把脚抬起来，皮靴前面开了口，红色的袜子从裂缝处露了出来，裂口处的皮子已经磨得很薄了，而且翻卷了起来，已经没法再打补丁了。

"哎，查尔斯，我上次就让你买双新皮靴。"妈说，"你却买回了印花布给我做新衣服。"

爸这次不再犹豫了，"我下星期六就去镇上买双新皮靴，又要花掉三块钱啊，不过在小麦收获前，日子还有办法对付过去。"

接下来的几天，爸一直在忙着收割干草，他说从没遇到过这么干燥、阳光充足的夏天，这种天气割草是最适合不过的。他还去帮尼尔森先生把干草堆成垛，作为交换，尼尔森先生把家里的割草机借给爸用。

罗兰不想去上学，想跟爸一起去草场，看那台神奇的机器挥舞着长长的镰刀，发出咔嚓咔嚓的响声，齐刷刷地割下来大片大片的草。

星期六早上，罗兰跟爸坐着马车来到草场，一起把最后一车干草搬回家。他们望着麦田，麦子长势良好，比罗兰还要高。成熟的麦穗把麦秆压弯了腰。他们摘下三株又长又饱满的麦穗，带回家给妈看。

爸说，收完小麦他们就能还清所有的债务了，而且还能有富余的钱买很多东西。他会买一辆马车，给妈买一件丝绸衣服，全家人都会穿上新鞋子，每个星期日都有牛肉吃。

这天，爸吃过午饭后就换上一件干净的衬衫，从小提琴盒子里取出三块钱。他要去小镇给自己买双新皮靴。爸是走着去的，因为山姆和大卫已经劳作了一个星期，他不舍得累着它们。

傍晚的时候爸回到了家。罗兰看见他走上了小土丘，便急着和杰克从小溪的大螃蟹洞那里往回跑，随爸一起进了屋。

妈正在炉灶前忙着把烤好的面包从烤箱里取出来。她转过身问道："查尔斯，你没买到新皮靴？"

"卡洛琳，"爸说，"我遇到奥尔登牧师了，他说他准备给钟楼装一座钟，可是筹不到足够的钱。镇上每个人都竭尽所能地捐了钱，现在只差三块钱了，所以我就把买靴子的钱给了他。"

"哎！"妈除了叹息什么也没说。

爸低头看看裂口的靴子，说："别担心，我有办法把它补好。你想想吧，到时候清脆的钟声肯定能传到我们这里来呢！"

妈默默地转过身，罗兰一声不吭地走出屋子坐在台阶上，她的喉咙一下哽咽了，她多渴望爸能有双新皮靴啊。

"没关系的，卡洛琳。"她听见爸说，"过不了多久，我们的小麦就能收割啦！"

第二十五章
蝗 虫 灾

小麦眼看就可以收割了，爸每天都去田里看看，每天晚上他都会谈到小麦，还总会拿几株果粒饱满的麦穗回家给罗兰她们看。麦粒越来越硬越来越饱满，快要撑破小小的麦壳了。爸说现在的天气小麦成熟得快。

"如果天气一直这么好，"他说，"我们下个星期就能开始收割啦！"

天气酷热难耐。高高的天空没有一丝云彩，阳光直射下来，简直让人睁不开眼睛。大草原在阳光的炙烤下升腾起滚滚热浪，像一个大火炉。学校里，木板墙上的松脂融化了，黏糊糊地顺着墙往下淌。孩子们热得没力气玩耍，像蜥蜴一样喘着气。

星期六早晨，罗兰跟着爸一起去了麦田，麦子长得快跟爸一样高了。爸把罗兰扛在肩上，让她欣赏麦田里一片金绿色的丰收景象。

吃午餐的时候，爸跟妈说，他从没见过长得这么好的庄稼，这里真是块宝地。那块地能收获四十蒲式耳①小麦，每蒲式耳小麦

---

① 1 蒲式耳 =36.3677 升。

能卖一块钱，他们眼看就能有一笔丰厚的收入了，他们可以拥有自己想要的一切了。罗兰心里想，这回爸能买双新皮靴了。

罗兰对着敞开的大门坐着，阳光把屋子照得晃眼。突然，她觉得光线渐渐变暗了，好像被什么挡住了。她揉揉眼睛，往外看去，大地一下暗淡下来，光线越来越微弱，最后阳光完全被遮住了。

"恐怕是暴风雨要来了。"妈说，"乌云把太阳遮住了。"

爸不安地走到门前张望。暴风雨会打坏小麦的。他看了一会儿就走出去了。

天色有些诡异，并没有像暴风雨将至的那种忽明忽暗的光线，云层也没有低低地压下来。罗兰突然有种不祥的预感，但又说不清是怎么回事。

她跟在爸后边跑出去，站在门口抬头望着天空。接着，妈和玛丽也出来了，爸茫然地问妈："卡洛琳，这是怎么回事？"

太阳被一片云遮蔽着，可这片云跟平时看到的有些不同，它是由无数雪片一样的东西组成的，不过这些东西闪着光，比雪片大得多。阳光从每片闪光的东西中透下来。

天空一片死寂，没有一丝风，草也一动不动，可是那片乌云却在以惊人的速度掠过天空，比风吹得还要快。杰克身上的毛都竖了起来，突然，它望着那片云发出了疯狂的咆哮。

紧接着，"啪！"罗兰的头被什么砸了一下，然后又掉在了地上。罗兰低头一看，竟然是一只巨大无比的蝗虫！接着，褐色的大蝗虫像下冰雹一样，劈头盖脸地砸落下来，打在她的头上、脸上和胳膊上。

这根本不是一片云，而是数以万计的蝗虫。铺天盖地的蝗虫遮住了太阳，天空黑压压的，令人窒息。蝗虫扑闪着薄薄的大翅膀在阳光下飞舞，刺耳的声音响彻云霄。它们如冰雹般接连不断地落在地面上、屋顶上。

玛丽大声尖叫着跑进了木屋。罗兰使劲儿把身上的蝗虫往下拍，可是它们用爪子紧紧地钩着她的皮肤和衣服，脑袋转来转去，用圆鼓鼓的眼睛看着她。地面上爬满了密密麻麻的蝗虫，让人没法落脚，罗兰只能踩在蝗虫身上，脚下一片咯吱的声音，支离破碎的蝗虫们还在挣扎扭动，地上黏糊糊一片。

大家都进了屋子，妈手忙脚乱地关上了所有的窗户。爸站在屋里看着外面，罗兰和杰克紧挨着他站着。蝗虫源源不断地从天上掉下来，落下来的蝗虫在地上铺了厚厚一层，它们收起翅膀，开始蹬着强壮有力的后腿跳跃，屋顶上传来啪啪的撞击声，就像下冰雹似的。

过了一会儿，罗兰听到了另外一种声音，那是由很多细小的啃咬的声音汇成的。

"我的小麦！"爸大吼一声，冲出门，飞快地跑向麦田。

麦田已经被蝗虫盖得密密实实，它们正在尽情地啃咬小麦。

如果是一只蝗虫啃东西，你根本听不到声音，除非是你拿着一片草喂它，并仔细地聆听才能听到声响。可现在，是成千上万的蝗虫一起啃咬，那种"嚓嚓"声震耳欲聋。

罗兰透过窗户，看到爸跑回马棚，把山姆和大卫套在马车上，拿起干草叉，用最快的速度把肥料堆里的干草往马车上装，妈也跑出去帮忙。然后爸驾车去了麦田，妈一路小跑跟了过去。

爸驾着车围着麦田走，边走边扔下一小堆一小堆的干草，妈跟在后面把干草点燃，乌黑的浓烟高高升起，逐渐蔓延开来。罗兰远远望去，爸、妈还有马车都被黑烟遮住了。

光线依然灰暗，遮天蔽日的蝗虫雨好像永远也下不尽。

妈回到家先进了斜顶小屋，关好门，把衣服、衬裙脱下来，抖落一地蝗虫，把它们一个一个都踩死了。罗兰知道妈刚才在小麦田周围生火，是想用浓烟把蝗虫熏跑，不让它们糟蹋小麦。

妈、玛丽和罗兰静静地坐在屋里，门窗关得死死的，屋里有些沉闷得透不过气来。卡琳太小了，一直在哭，妈把她搂在怀里，怎么哄也没用，直到她哭累了睡着了。屋里静了下来，蝗虫啃噬的嚓嚓声穿透墙板传进屋内。

黑暗终于过去了，太阳重新露出了脸。地上的蝗虫层层叠叠，到处乱爬。小土丘上面的短草被吃没了，草原上高高的草丛也都折弯了腰。

"老天！看那里！"罗兰指着窗外轻声说。

原来，柳树上也爬满了蝗虫，它们在啃食树冠，光秃秃的细树枝显露出来，不一会儿整棵柳树的树枝都变秃了，只剩一团团的蝗虫爬在树枝上。

"我不想看了。"玛丽一脸厌恶地从窗边走开了。罗兰也不想看，可是她没办法移开视线。

院子里的两只母鸡带着一群笨拙的小鸡正在尽情地啄蝗虫吃。以前，它们伸长了脖子，拼命跟在蝗虫后面追都抓不到一只，现在只要随便伸伸头就能吃到蝗虫。它们大喜过望，不停地伸直脖子拼命地啄，尽情享受这从天而降的美食。

"唉，至少我们省下鸡饲料的钱了。"妈说，"有失必有得。"

绿油油的菜地一眨眼全凋零了，胡萝卜、土豆还有大豆都被啃了个精光。玉米秆上的叶子被吃光了。嫩嫩的玉米棒全都掉落在地上，每根上都爬满了蝗虫。

大家只能眼睁睁地看着，束手无策。

麦田上的浓烟还没有散去，罗兰隐约看见了爸的身影，他一直在不停地翻动着燃烧的火堆，让烟更浓些。

到了傍晚时分，罗兰穿上长袜和鞋子，裹上围巾，去接斑斑。牛群走过土屋时，发出低低的哞叫，它们没法吃爬满了蝗虫的草，如果青草被蝗虫吃光了，牛群就只有饿肚子了。

蝗虫肆无忌惮地爬上罗兰的衬裙、衣服和围巾，她不断拍打着脸和手，好把蝗虫打下去。她和斑斑踩到蝗虫上，脚下发出噼啪的声音。

妈披着围巾出来挤奶，罗兰也出来帮忙。不断有蝗虫撞进奶桶里，妈只好找了一块布盖住牛奶桶，可是挤牛奶的时候却得把布掀开，妈用一个小锡杯把奶里的蝗虫舀了出来。

她们进屋时，蝗虫一窝蜂跟着扑进来，她们的衣服上爬满了蝗虫。玛丽正在准备晚餐，一些蝗虫跳到滚烫的炉灶上。妈把食物全部盖住，然后跟她们一起捉住每一只蝗虫，把它们踩死，扫成一堆，丢进火炉里烧掉了。

爸忙到天黑才回家吃晚饭，山姆和大卫也回到马棚吃着饲料。妈没问麦田的情况，只是微笑着说："查尔斯，我们一定会有办法的。"

爸嗓子有些沙哑，妈说："多喝两杯茶吧，可以把喉咙里的烟灰清除掉。"

爸喝完茶，又装了一车干草往麦田去了。

晚上，玛丽和罗兰躺在床上仍然能听到蝗虫挥动翅膀的沙沙声，还有啃咬东西的嚓嚓声。罗兰总感觉蝗虫那细小尖锐的脚在她手臂和脸上爬来爬去，这种感觉始终挥之不去。黑暗中，她好像看到蝗虫那对鼓出来的圆眼睛。就这样，不知过了多久她才睡着。

爸整整一夜都在麦田里忙着生烟，千方百计地阻止蝗虫吃光小麦，直到天亮还在田里，都顾不上回来吃早饭。

一夜之间，整个大草原面目全非。青草无力地扑倒在地上。太阳刚刚升起，阳光洒在杂乱不堪的草堆上，投下斑驳的阴影。

柳树光秃秃的，梅树的枝条也没有了叶子，只有孤零零的几个梅子。恶魔般的蝗虫依旧狂扫着一切，啃噬的嚓嚓声不绝于耳。

爸到中午才驾着车回家了。他去马棚里把马拴好，然后慢慢地走进屋子。他的脸被浓烟熏得乌黑，双眼充血。他把帽子挂在门后的钉子上，一下子瘫坐在桌边。

"一点儿用也没有，卡洛琳。"他说，"浓烟根本阻止不了它们，它们不仅能穿过浓烟钻进麦田，还能从四面八方往里跳。小麦被它们吃得片甲不留，连麦秆都吃光了。"

爸双臂放在桌子上，脸埋在手中。罗兰和玛丽安静地坐着，什么话也说不出来。只有小卡琳敲着勺子，用小手去抓面包。她还太小，不知道发生了什么。

"查尔斯，别难过。"妈说，"我们以前再苦的日子不都熬过来了吗。"

罗兰低头看到爸那双几乎无法再打补丁的皮靴，只觉得心如刀绞，爸的新皮靴又落空了。

爸过了一会儿才把手从脸上移开，抓起了刀叉。他笑了笑，胡须跟着上扬，可是他的眼神却没有丝毫光彩。

"我没事的，卡洛琳，"爸说，"我们已经尽力了，没有过不去的难关，我们一定能想到办法的。"

这时，罗兰想起盖新房子的钱还没有还清，小麦没了，爸该用什么来还债呢？

这顿饭吃得格外安静，刚吃完饭，爸就躺在地板上睡着了。妈把枕头塞在他头下，对着罗兰和玛丽轻轻地"嘘"了一下，让她们别影响爸。

她们抱着卡琳去了卧室，拿出纸娃娃哄她，叫她不要吵。现在屋里只能听到蝗虫啃食东西的声音。

时间一天一天过去，蝗虫仍旧夜以继日地吃。所有的小麦、燕麦，还有所有绿色的植物——菜地里的蔬菜和大草原上的草无一幸免。

"爸，那兔子该怎么办呢？"罗兰问，"还有那些可怜的小鸟呢？"

"你看看周围，应该都跑得差不多了。"爸说。

没有了草，兔子全跑了，小鸟也飞去别处觅食了，只有那些大鸟留下来吃蝗虫。草原上的松鸡伸着脖子飞跑着，狼吞虎咽地吃着蝗虫。

又到了星期日，太阳明晃晃的，天气闷热。爸带着罗兰和玛丽走路去主日学校，山姆和大卫待在阴凉的马棚里休息。妈和卡琳待在家里。

已经很长时间没下过一滴雨了，梅溪的河水干涸了，罗兰踩着河床上的干石头走过去。光秃秃的大草原一片棕黄色，上百万只蝗虫在草原上低低地乱飞着，哪里也看不到绿色。

一路上，罗兰和玛丽拍打蝗虫的手都没有停过。即便如此，当她们到了教堂时，蝗虫还是爬满了她们的衬裙。她们用力拍打掉所有蝗虫才走进教堂。尽管她们很小心，衣服上还是被蝗虫吐满了棕黄色的汁液。这可是她们最漂亮的衣服了！她们不得不穿着这些沾满污渍的衣服，这些讨厌的污渍怎么也洗不掉。

镇上很多居民已经搬到东部去了，克丽丝蒂和凯西也不得不离开了，她们是玛丽和罗兰来到梅溪后最好的朋友。四个女孩依依不舍地道别。

这以后，罗兰和玛丽不再去学校了，因为鞋子要留到冬天穿，但是她们无法忍受光着脚踩着蝗虫走路。幸好学校马上放假了，冬天妈在家可以辅导玛丽和罗兰，这样等到明年春天开学，她们也不会落下课程。

爸去尼尔森先生那儿帮他干活儿，然后借用了他的犁。紧接着，爸开始在秃秃的麦田犁地，为明年春天的播种做准备。

第二十六章
蝗虫卵

一天，罗兰带着杰克沿着小溪往下游走。玛丽喜欢坐在家里看书，在石板上做算术，但是罗兰早就厌倦了，可是屋外又一片凄凉，也没什么好玩的。

梅溪几乎干涸了，只有一点点水从沙地里渗出来。光秃秃的柳树再也没有树荫给木板桥遮阳了。梅树林一片萧条，各种浮渣漂在溪水上，大螃蟹早没了踪影。

干涸的地面被太阳烤得烫人，天空是一片烧焦的黄铜色。成群结队的蝗虫呼啸而过，发出呼呼的声音，好像卷起了一阵热浪。以前那种草原的香味再也闻不到了。

忽然，罗兰发现了一件怪事。蝗虫爬满了光秃秃的小土丘，它们一动不动地坐着，尾巴伸进土里，罗兰用手碰它们，它们也纹丝不动。

罗兰拔开一只蝗虫，捡了根树枝伸进它刚才坐着的洞里，掏出了一些灰色的东西。这东西的形状像一条胖胖的蠕虫，不过它不是活的。罗兰觉得好奇，杰克凑过来闻闻，疑惑地看着罗兰。

罗兰跑去麦田，想问问爸这是什么。可只有山姆和大卫套

128

着犁静静地站在田里，爸在没有犁过的地上四处查看着。不一会儿，罗兰看见爸回到了犁边，把犁从地里拔出来，赶着马回马棚去了。

罗兰知道爸中途就收工一定是遇到了什么严重的情况。她飞快地跑回马厩，山姆和大卫已经被拴进马厩，爸正在挂汗涔涔的马具。他绷着脸走出马厩，看到罗兰也没笑。罗兰跟在爸后面慢慢走进屋。

妈抬起头看着爸提前回来，问："查尔斯，发生了什么事？"

"蝗虫开始产卵了。"爸说，"地上到处是蝗虫的卵。你看看咱们的院子里布满了卵坑，麦田里也都是卵洞，非常密集，洞和洞之间连一个巴掌都放不下。"

他从口袋里掏出一个灰色的东西，托在手上，说："这就是蝗虫卵袋，里面有三十五到四十粒虫卵。每个洞里都有一个这样的卵壳，覆盖了整片草原。"

妈一下子瘫坐到椅子上，双手无力地垂在两边。

"明年的收成是彻底没指望了。"爸说，"这些虫卵一旦孵化，整个草原又是一片绿叶都留不下。"

"哎，查尔斯！"妈颤抖着声音说，"我们可怎么办才好呀？"

"不知道。"爸抱着头坐在凳子上。

玛丽的辫子从阁楼洞口垂下来，她正焦虑地伸着头看着罗兰，罗兰也看着她。接着，玛丽默不作声地顺着楼梯走下来，紧挨着罗兰靠墙站好。

这时爸猛然把身子挺得笔直，一道强烈的光芒在他原来黯淡的眼睛中闪耀，不过并不是罗兰以前见过的那种闪闪发光的眼神。

"卡洛琳！有一点我是确信的。"爸说，"我们是绝对不会被这些蝗虫打败的！我们不能坐以待毙！等着瞧吧，我们坚持下去一定会迎来好日子！"

"你说的对，查尔斯！"妈说。

"相信我吧！"爸说："我们都还身强体壮，还有这么结实的房子遮风挡雨，我们的处境好过很多人呢。赶紧准备午餐吧，卡洛琳。我得抓紧去镇上找点儿事做，一切都会好起来的！"

爸去了镇上，妈、玛丽和罗兰在家为他准备丰盛的晚餐。妈煮了一锅酸奶，做了些白色的乳酪球。玛丽和罗兰把煮熟的土豆冷却然后切成片，再浇上妈特意调制的酱汁。她们又准备了面包、奶脂和牛奶。

接着她们洗了澡，换上最漂亮的衣服，扎好辫子，系上了丝带。卡琳也穿上做礼拜的白裙子，金色的鬈发蓬松柔软，脖子上还戴着印第安珠子穿成的项链。她们一直在等着爸回来，一直到看见他走过蝗虫密布的小土丘。

全家人好久没有享用过如此愉快的晚餐了。每个人都把盘子里的食物吃得干干净净，然后爸郑重地对妈说："卡洛琳。"

"查尔斯，说吧。"妈说。

"我找到出路了。"爸说，"明天一早我要去东部。"

"不，查尔斯！"妈叫道。

"没事儿，卡洛琳。"爸说，然后他又说不想看到罗兰哭，罗兰忍住了眼泪。

"东部的庄稼没有遭蝗虫灾，他们现在正忙着收割，缺人手。"爸说道，"蝗虫从这儿往东只飞了大约一百英里，再往东就有庄稼了。这是唯一的希望，西部的男人都赶去那里找工作了，我再不动身就没机会了。"

"如果你觉得这是最好的办法，那就按你说的去做吧。"妈说，

"不用担心我和孩子。哎，不过，查尔斯，你得走好远的路啊！"

"才几百英里而已。"爸说。他低头看了一眼自己脚上的破靴子。罗兰知道爸在想这双靴子能不能走完那么遥远的路途。"几百英里不算什么！"他又念叨了一遍。

接着，爸把小提琴从琴盒里拿出来，在夜色中演奏起来，久久不肯停下。罗兰和玛丽一左一右紧紧依偎在他旁边，妈在摇椅里抱着卡琳。

他先拉了首《美丽的南方》，又拉了《同胞们，我们要团结起来》和《苏格兰人跨过边界》。他低声唱着：

噢，苏珊娜，别为我哭泣！

我将前往加利福尼亚，

膝上放着我那淘金盆！

……

很久以后爸才放下小提琴。他必须要早点儿睡觉了，明天还得趁早出发呢。

"卡洛琳，你收好这把小提琴，"爸说，"它让我充满信心。"

第二天，天刚蒙蒙亮，爸吃过早餐，然后与大家吻别，出发去东部了。他把换洗的衬衣和袜子裹在工作服里，斜挂在肩膀上。大家站在门口目送爸远去的身影。当爸走到梅溪时，回头看着她们，用力地挥了挥手，然后大步流星地走远了，不一会儿就消失在罗兰的视线中。杰克紧贴着罗兰站着。

爸离开后，她们仍然默默地站在那儿，过了好一会儿，妈打起精神，用轻快的语气说："孩子们，爸不在家，一切就得靠我们自己了。玛丽、罗兰，你们快赶着牛与牛群会合吧。"

妈带着卡琳回屋去了，罗兰和玛丽跑到牛棚，把斑斑牵出来，往小溪那边走。草原上光秃秃的，饥饿的牛群只能沿着梅溪两岸走，啃食柳树枝上新长出的嫩芽和梅树林中的一些落叶，以及去年夏天残存下来的一点儿枯草。

第二十七章
暴雨降临

爸不在家，一切都变得索然无味。罗兰和玛丽渐渐地都算不清爸离开家多少天了，她们只知道爸穿着那双打了很多补丁的鞋，越走越远。

杰克最近变得安静了，黑亮亮的鼻头也变成了灰色。它常常朝着爸离去时走的那条路张望，然后叹息一声，再趴下看着远方发呆。它对于爸突然出现没抱任何希望。

空气依旧炎热，光秃秃的草原一片死寂，风卷着讨厌的沙尘盘旋而过，远远望去，就像蛇在爬，妈说这种现象是空气中的热浪造成的。

草原上唯一能够遮蔽骄阳的地方就是屋里。小溪边的柳树和梅树上一片树叶也没有。梅溪已经完全断流，水潭里的水也所剩无几。水井干涸了，只有土屋边的那眼泉水不时渗出一滴水来。妈在泉水下放了一只水桶接水，第二天一早再换上另一只空桶，然后把那个接了水的桶提回来。

早上做完家务，妈、玛丽、罗兰和卡琳都在家坐着，灼热的风从窗口吹进来，牛群饿得不停地哞哞叫，像是在抱怨着。

斑斑变得瘦骨嶙峋，臀部的骨头明显凸了出来，肋骨根根可见，眼窝深深下陷。它整天跟着牛群哞哞地叫着，四处觅食。小溪沿岸的所有灌木丛都被它们啃完了，所有能够得着的柳树枝条也被啃光了。斑斑的奶变苦了，而且一天比一天少。

马棚里的山姆和大卫也没有充足的干草吃，因为那些干草必须维持到明年春天。罗兰赶着它们走下干涸的河床，来到以前她游过泳的那个深水潭，它们望着那浅浅的漂满浮渣的温水，恶心得皱起鼻子。可这时它们只能喝这个水，牛马都不得不忍受着现在的一切。

星期六傍晚，罗兰要去尼尔森先生家一趟，看看爸有没有捎信来。她沿着木板桥那边的小路走，这条通向尼尔森家的小路再不见往日里美丽的风景。

尼尔森先生家的木屋坐落在大草原的一面斜坡下，又长又矮，紧贴着地面，墙体刷成了白色。他家的马厩也是长长的，矮矮的，上面盖着一个厚厚的干草屋顶。这与爸的房子和马厩完全不同，一看就是挪威人的风格。

屋里整洁明亮，床又高又宽，上面铺着蓬松的羽毛垫子，枕头也鼓鼓的。墙上挂着一幅漂亮的画像，画中的夫人穿着一身蓝色盛装，金色的画框宽宽的，整幅画用一块粉色的纱罩着，把蚊子挡在外面。

尼尔森夫人告诉罗兰，爸没有来信，不过下星期尼尔森先生会去邮局再问问。

"谢谢夫人！"罗兰说完转身沿着小路匆匆往家走。走了一会儿，她的步子慢了下来，走过木板桥，然后一点儿一点儿地爬上小土丘。

妈说："没关系，下个星期六爸就会来信。"

可是，到了下星期六，始终没等到爸的信。

她们不再去主日学校了，因为，罗兰和玛丽必须留着鞋子等冬天再穿。教堂里不能光脚，而且，卡琳太小，不能走那么远的路，妈又抱不动她。所以，每到星期日，她们会穿上最好的衣服，不过不穿鞋，也不系蝴蝶结。玛丽和罗兰把《圣经》里的章节背给妈听，妈给她们讲《圣经》里的故事。

有一个星期日，妈读到《圣经》中关于蝗灾的那一段：

"蝗虫降临到埃及的大地，遍及全部国土乃至海岸，埃及陷入历史上最可怕的灾难中。大地被蝗虫覆盖，变成了黑色；蝗虫吃光了每一颗果实，每一片草叶；树上、地上没有了青草，整个埃及满目疮痍。"

罗兰觉得这段描写生动得历历在目，当她读这段话时，心里在想："整个明尼苏达州满目疮痍。"

妈接下去念到上帝对善良的人们做出了许诺："引领他们走出这片土地，前往那片流着蜜和奶的地方。"

"那个地方在哪儿呢，妈？"玛丽问。罗兰也接着问："土地上怎么能流淌蜜和奶呢？"她觉得光着脚踩在牛奶和黏黏的蜂蜜上一定很难受。

妈把厚厚的《圣经》摊开在膝盖上，沉思片刻，说："你爸认为，那个地方就在明尼苏达州，就是我们现在待的地方。"

"那怎么可能！"罗兰说。

"我想，如果我们能坚持到底，或许明尼苏达州就能成为传说中的宝地。"妈说，"罗兰，你这样想，要是这片草原长满了嫩嫩的牧草，奶牛们吃饱喝足自然会产出很多牛奶，这就等于说这片土地

流淌着牛奶呀！如果这里遍地鲜花绽放，成群的蜜蜂都来采蜜，不就是流淌着蜜吗？"

"噢。"罗兰恍然大悟，"我很高兴不是真的要踩着牛奶和蜂蜜走路！"

卡琳攥着小拳头捶打着《圣经》，嚷道："我好热！我好痒！"妈想抱她，可是她使劲儿推开妈，哭着说："你也好热！"

可怜的卡琳全身通红，长满了痱子。罗兰和玛丽身上穿着内衫、内裤、衬裙和长袖高领的衣服。她们汗流浃背，衣服都黏在了身上。辫子沉沉地捂着后背，拖在脖子后面。

卡琳口渴得要命，可又把杯子推得老远，难受地说："真难喝！"

"你最好把水喝下去。"妈说，"我也想喝凉水，可去哪儿找呢？"

"我真想喝口清凉的井水。"罗兰说。

"我想吃根冰棍儿。"玛丽说。

"我要是印第安人就好了，就不用穿衣服啦！"罗兰接着说。

"罗兰！"妈生气了，"星期日不准说这样无礼的话！"

罗兰心想，"哼，我就是想不穿衣服！"房子被包围在热浪里，木板渗出了一滴滴黏黏的松脂，掉在地板上结成黄色的珠子。热风不停地吹，远处的牛群发出饥饿的叫声。趴在地上的杰克翻个身，叹息一声。

妈也忍不住叹气，说："我真想吸到清新的空气，让我付出什么代价都愿意。"

话音刚落，就有一股清凉的风吹进了屋子。卡琳停止了哭闹，杰克抬起了头。妈说："孩子们，你们有没有感觉到……"话没说完，又有一阵凉爽的风吹了进来。

妈穿过斜顶小屋走到门外，站在屋后的阴凉处。罗兰一蹦一跳地跟了出去，玛丽牵着卡琳也出来了。屋外简直就是个大火炉，火辣辣的空气包围着罗兰。

黄铜色的天空中，一片小小的云朵从西北方缓缓飘来。它是如此渺小，但毕竟算是云，它在大草原上投下了一块小小的影子。罗兰觉得影子似乎在移动，但也可能是热浪滚动造成的错觉，不过她很快确定这片云越来越近了。

"哦，下雨吧，下雨吧！"罗兰不停地在心中祈祷。她们都用手挡着刺眼的阳光，注视着那片云朵和它的影子。

云朵不断变大，越来越黑，从草原上空压下来。云朵的边缘剧烈地翻滚、膨胀，形成块状的云团。一阵阵强风吹过，带来了凉意，不过也夹杂着一股更热的气流。

狂风卷起沙尘在草原上方腾空而起，太阳依旧炙烤着屋子、牛棚和干裂的土地。云朵的阴影还没有飘到这里。

突然，一道锯齿状的白光划破天际，倾盆大雨从云朵的一端倾泻下来，把天空遮盖得看不到了。终于下雨啦！一阵轰隆隆的雷声传来。

"云朵离我们太远了，孩子们。"妈说，"我们这边恐怕不会下雨。不过，好歹凉快了一些。"

热风里总算有了一丝凉意，带来雨的气息。

"妈！雨也许会到我们这边来的，应该会过来的！"罗兰说。她们一起虔诚地在心里祈祷："下雨吧！求求你，求求你！"

风忽然变得不那么热了，缓缓地，云朵的影子越变越大，乌云笼罩着在天空。突然，一片云影冲过平坦的土地，冲向小土丘上方。倾盆大雨接踵而至，就像千百万只小脚丫重复地踩踏到小土丘上。滂沱大雨倾泻在屋顶上，也打湿了妈、玛丽、罗兰和卡琳。

"快进屋！"妈惊叫着。

斜顶小屋上响起雨点敲击木板的声音，袭袭凉风吹进闷热的屋子里。妈打开前门，把窗帘系好，然后打开了所有窗户。

一阵令人作呕的气味从地面上升起，不过很快就被倾泻而下的大雨驱散了。大雨落在屋顶的声音好像鼓点一样，雨水顺着屋檐奔流而下，把闷热的空气一扫而光，屋里一下子变得无比清新。罗兰顿时感到由里而外的清爽，心中的烦恼全被凉风吹走啦！

一股股浑浊的泥浆水在坚硬的地面上急匆匆地流过，注入地面的裂缝里，打着漩儿流进坑坑洼洼的蝗虫卵洞里。同时，天上电闪雷鸣，轰轰作响。

卡琳欢快地拍着小手嚷嚷起来，玛丽和罗兰也激动地欢呼起来。杰克欢快地摇着尾巴，透过窗口向外看着，每当雷鸣，它便会对着外面狂吠，好像在说："这里没有怕你的人！"

"我相信直到黄昏之前这场暴雨都不会停。"妈说。

雨到了傍晚才停，它跨过梅溪，越过草原向东边走了。借着夕阳的余晖，还能看到淅淅沥沥的雨丝飘落。然后云变成了紫红色，在晴朗的天空中泛着金光。不久，太阳落山了，夜空中升起了明亮的星星。空气格外清新，大地湿漉漉的，仿佛对这场及时雨充满了感激。

罗兰真希望爸此刻也在家里。

第二天，天空又恢复了黄铜色，依旧骄阳似火，风吹在身上还是火辣辣的。不过，在日落前，细小的青草纷纷从地里探出了头。

没过几天，棕黄色的草原上出现了一片片嫩绿色，被雨水浇灌的土地上长满了青草，饥饿的牛群终于能美美地吃上嫩草了，罗兰每天早晨都赶着山姆和大卫出来饱餐一顿。

牛群不再发出哀号，斑斑也变得丰润起来，产出的牛奶也越来越多，而且香甜可口。小土丘重新披上了绿装，柳树和梅树的枝子上也长出了新芽。

第二十八章
爸来信了

罗兰对爸的思念之情与日俱增，每到夜深人静，寂寥的晚风吹过漆黑的夜，她就觉得心里空荡荡的隐隐作痛。

起初罗兰总是忍不住提起爸，算着他离家那天到底走了多远，担心他那打满补丁的靴子能不能挺过来，还想知道他会不会风餐露宿。后来，罗兰就不再跟妈说这些了，因为她知道妈时时刻刻都在思念着爸，只是不想说出来。甚至在到星期六以前，她都不愿意把日子数一数。妈告诉罗兰："你越是数着日子过，时间就过得越慢。"

每到星期六，她们一整天都坐立难安，就盼着尼尔森先生能从邮局带回爸的来信。罗兰总是带着杰克顺着小路走很远，去等着尼尔森先生的马车。蝗虫吃光了所有的东西后就陆续离开了这里，但它们不像来时那样聚成一片铺天盖地压下来，而是稀稀拉拉地飞走。不过，仍然有上百万只蝗虫还留在草原上。

今天没有等到爸的信。"没关系，"妈说，"肯定会有来的。"

有一次，罗兰又没等到来信，她慢慢走回小土丘，心里想："如果永远收不到爸的信，她们该怎么办？"

她尽量不让自己胡思乱想，可还是忍不住。直到有一天，她看到玛丽一脸愁容，突然明白玛丽也有一样的想法。于是，那天晚上，罗兰再也忍不住了，她问妈："爸会回来的，对吗？"

"当然啦！爸肯定会回来的！"妈大声回答。这让罗兰和玛丽明白妈也担心爸会不会发生了什么意外。

可能爸的靴子已经破成了碎片，他正光着脚艰难地走着；可能他被牛群撞伤了，要不就是被火车撞伤了；他身上没有枪，可能遭到了狼群的袭击；可能是在黑黢黢的森林深处，一头黑豹从树上冲下来猛扑在他身上……

接下来的星期六，罗兰正准备出发去找尼尔森先生，却远远看见尼尔森先生从木板桥那头走过来，手里有一件白色的东西。罗兰激动地飞奔过去，那是一封来信！

"谢谢！谢谢您！谢谢您！"罗兰大声说道，然后她转身狂奔回去，跑得上气不接下气。

妈正在给卡琳洗脸，她伸出湿漉漉的双手，颤抖着接过信，一屁股坐了下来。

"是爸写的！"妈说。她激动得双手抖个不停，几乎都无法从头发上拔下发卡，她用发卡划开信封，抽出信纸，展开来，发现里面夹了一张钞票。

"爸说他很好。"妈哽咽了，然后她抓起围裙捂着脸哭了出来。

过了一会儿，妈放开围裙，脸上闪现出喜悦的光芒，她一边擦着眼泪，一边把信读给玛丽和罗兰听。

爸出门后一直走了三百英里路，才找到工作。他现在在别人家的麦田里帮忙，每天能挣到一块钱。他给妈寄来了五块钱，自己留了三块钱买了双新皮靴。他说，如果妈和孩子们都平安无事的话，他打算继续留在那儿帮忙，直到没有活干才回家。

　　她们其实很希望爸能早点儿回家来。不过，知道他过得很好，又有了新靴子就放心了许多，那天大家都高兴极了。

第二十九章
黎明前的黑暗

现在，风慢慢转凉了，中午的阳光不再那么炙热。早晚都已经略有些寒意了，蝗虫跳得有气无力，它们得等到太阳升起来晒暖和了才能恢复活力。

一天早上，一层厚厚的霜覆盖了大草原。地上的每一根小树枝、每一块碎木头上都有一层白白的绒毛。罗兰光着脚丫踩在地上感觉很凉。她看到几百万只蝗虫全都一动不动地呆坐着。几天之后，蝗虫竟消失得一干二净了。

又快入冬了，可爸还没有回家。风不再是漫不经心地飕飕吹过，而是裹着尖叫和哀号呼啸而来。灰蒙蒙的天空下着灰色的冻雨。不久雨变成了鹅毛大雪，但是爸仍然没有回来。

这种天气，出门就必须穿上鞋了。罗兰的鞋子有些夹脚，她不知道为什么会这样，这双鞋子去年还嫌大呢。玛丽的鞋子也很夹脚。

爸劈好的木柴用光了，玛丽和罗兰得出门捡一些碎木片。当她们收集到最后一块木片时，鼻子和手指都冻僵了。她们又裹着披巾，在柳树下寻找一些能用来生火的小枯枝。

一天下午，尼尔森太太带着她的小女儿安娜来到小木屋做客了。

尼尔森太太美丽而丰满，她有一头金色的长发和一双碧蓝的眼睛。她爱笑，笑起来很动人，一开口就会露出两排雪白的牙齿。罗兰很喜欢尼尔森太太，可是不喜欢安娜。

安娜比卡琳要大一点儿，她听不懂罗兰和玛丽说的话，罗兰和玛丽也不明白安娜说的挪威话。她们根本没法一起玩。夏天那会儿，每次尼尔森太太带安娜来家里，玛丽和罗兰便躲到小溪边去，可现在外边冰天雪地的，她们只能留在家里陪安娜，妈已经提前叮嘱过她们了。

"好啦，孩子。"妈说，"快去拿你们的玩具娃娃来，陪安娜好好玩。"

罗兰把装在盒子里的纸娃娃抱了过来，那是妈用包装纸剪出来的，她们就在炉灶边的地板上坐下玩起来。灶膛里红色的火苗跳跃舞动，非常暖和。安娜看见这些纸娃娃就咯咯地笑起来，然后一把抓了个纸娃娃出来，双手一扯就撕成了两半！

罗兰和玛丽惊呆了，卡琳也瞪大眼睛看着她。妈和尼尔森太太正在聊天，没注意到她们。安娜攥着撕成两半的纸娃娃大笑着。罗兰赶紧把盒子盖上，可没过多久，安娜丢掉了撕破的纸娃娃，吵着要罗兰把另一个纸娃娃给她。罗兰望着玛丽，玛丽也不知该如何是好。

安娜若是得不到她想要的东西，就会号啕大哭。她年纪小又是客人，罗兰和玛丽可不敢把她弄哭。可是她们不能看着心爱的纸娃娃再被撕烂了。于是玛丽悄悄说："让她玩布娃娃夏洛蒂吧，那个她弄不坏。"

罗兰赶忙爬上阁楼去拿布娃娃，玛丽哄着安娜。罗兰看到可爱的夏洛蒂正乖乖地躺在一个盒子里，红纱线做成的小嘴和黑色纽扣做成的眼睛好像在对自己笑呢，罗兰爱怜地把她抱在怀中，抚平黑线做的鬈发和裙子。夏洛蒂没有腿，两只手也是缝在扁扁的手臂上的。不过罗兰非常爱惜它。

很久以前，在一个圣诞节的早晨，罗兰得到了夏洛蒂，那会儿他们还住在威斯康星的森林里，打那儿以后，这个布娃娃就成了罗兰最喜欢的玩具。

罗兰抱着夏洛蒂走下楼梯，安娜看到夏洛蒂马上嚷着要玩。罗兰把娃娃轻轻放进安娜的臂弯里，安娜立刻紧紧搂住了它，虽然知道这样不会伤害夏洛蒂，但罗兰还是非常不安。罗兰目不转睛地注视着安娜，看着她使劲儿抠夏洛蒂的眼睛，揪扯它的头发，甚至拿它使劲儿在地板上摔。所幸，不管安娜怎么胡闹，布娃娃还是安然无恙。罗兰不断在心里安慰自己：只要安娜一走，她只需整理一下夏洛蒂的头发和裙子就可以了。

时间过得真慢，好不容易才挨到拜访结束。尼尔森太太领着安娜准备离开了。可是，一件令人意想不到的事情发生了，安娜一直抱着夏洛蒂不肯放手！

安娜可能觉得罗兰把夏洛蒂送给她了，她可能已经跟她妈这么讲过了，所以尼尔森太太微笑着没有阻止。罗兰要从安娜手里拿回夏洛蒂，可安娜号啕大哭起来。

"她不能拿走我的布娃娃！"罗兰大声说。

"罗兰！好丢人啊。"妈说，"你都这么大了还玩什么布娃娃，安娜还小，又是客人，就送给她玩吧！"

罗兰只能乖乖地服从。她站在窗前，眼巴巴地看着安娜一蹦一跳地走下小土丘，一只手抓着夏洛蒂。

"罗兰！你羞不羞？"妈又说了一遍，"你都已经长大了，竟然为了个布娃娃生气。不许生气啦！再说你根本不需要那个布娃娃，你也很少玩她呀。你怎么能这么自私呢？"

罗兰没出声，默默地爬上阁楼，坐在夏洛蒂躺过的盒子旁边。她强忍着心中的伤痛，没有哭出来，可是她的心里在哭。再也见不到心爱的夏洛蒂了，只有空空的盒子，爸也不在家。在这个寒风呼啸的冬天，一切都是那么空荡荡的。

"对不起，罗兰。"那天晚上，妈说，"我真不知道那个布娃娃对你那么重要，不然我就不会强迫你把她给人了。不过，我们还是应该多替他人着想，想想看，安娜得到了这么好的礼物多开心呀。"

第二天上午，尼尔森先生赶着马车给她们送来了木柴，又花了一整天的时间替妈把这些木柴劈好，这样一来，家里的木柴又堆得高高的了。

"尼尔森先生帮了我们多大的忙啊！"妈说，"尼尔森一家真是我们的好邻居，罗兰，现在你该不会再为布娃娃的事生气了吧？"

"不会了，妈。"罗兰说。可是她的心里还在流泪，不停地呼喊着爸和夏洛蒂。

现在，天上又下起了冻雨，雨水结成了冰。爸没有再写信回来，妈认为他一定是打算回家了。夜里，罗兰听着窗外咆哮的风，真想知道爸这时在哪里。

早上醒来，她看到木柴堆上厚厚地覆盖了一层白雪，而爸还没有回来。每个星期六下午，罗兰都会穿上袜子和鞋子，裹着妈的大披肩，去尼尔森先生家看看有没有来信。

她敲敲门，问尼尔森先生有没有爸的来信，她不想进屋，因为更怕看到夏洛蒂。尼尔森太太说没有信，罗兰道过谢就转身回家了。

一个星期六，正下着暴雪，罗兰在尼尔森先生家的谷场看到一个东西。她停下来仔细辨认，发现水坑里的那团冰疙瘩竟是夏洛蒂！它被丢在这里了。

罗兰几乎没有力气走到门口，她也差点儿没法对尼尔森太太开口说话。尼尔森太太告诉她，因为这几天天气太糟糕，尼尔森先生一直没去镇上，不过下个星期他肯定会去的。罗兰谢过她，转身匆匆走掉了。

冰雪敲打在夏洛蒂身上。她的头皮被安娜扯了下来，凌乱的鬈发被扯得乱糟糟的，只剩下一只眼睛，微笑的纱线小嘴也给撕破了，纱线上的红色染到脸颊上，就像在淌血。不过，她依然是罗兰最心爱的布娃娃。罗兰捡起夏洛蒂，藏在披肩下，迎着狂风暴雨一路奔跑。到家时，她大口喘着粗气。妈被她的样子吓得跳了起来。

"怎么啦？快告诉我，是不是出什么事了？"妈说。

罗兰摇摇头，说："尼尔森先生没有到镇上去。可是，妈，你看这个。"她从怀中拿出夏洛蒂。

"这是什么东西？"妈问。

"是夏洛蒂呀！"罗兰说，"我……我把它偷回来了。我管不了这么多了，妈，就算是偷我也一定要这么做。"

"好啦，别激动，快过来。"妈说，"跟我说说到底是怎么回事。"妈坐到摇椅上，拉着罗兰坐到她腿上。玛丽坐在炉火旁。

听罗兰说完，她们一致认为把夏洛蒂带回来是正确的。夏洛蒂遭受了一次可怕的经历，现在它被罗兰拯救了。妈说应该给她梳妆打扮一下，让它漂亮如初。

妈把夏洛蒂乱七八糟的头发、纱线小嘴和一颗扣子眼睛都拆下来。她们把夏洛蒂身上的脏冰块融化掉，拧干水分。然后妈把它里里外外洗干净，打上浆水，用熨斗烫平。罗兰从碎布袋里挑了一块浅红色的布片，给夏洛蒂当脸，又找了一对纽扣做眼睛。当晚，罗兰上床睡觉时，夏洛蒂被重新放回了小盒子里。现在它干净整洁，红红的小嘴，黑黑的大眼睛，两条金黄色的辫子上系着蓝毛线蝴蝶结。

罗兰钻进被窝，紧紧依偎着玛丽躺下。屋外是鬼哭狼嚎般的风声和不断砸落的冻雨。屋里寒气逼人，玛丽和罗兰都拉起被子紧紧地缩在被窝里。

睡梦中，她们突然听到一阵可怕的碰撞声，她们在黑暗中缩在被子里吓得瑟瑟发抖。接着，她们听到楼下传来响亮的说话声，"瞧我笨的，怎么把木柴掉到地上啦？"

"查尔斯！你是故意的吧？你想把孩子们都吵醒。"妈笑起来。

罗兰尖叫着跳下床，奔下楼梯，猛地扑进爸的怀里，玛丽也紧跟着抱住了爸。一家人抱成一团，有说有笑，又蹦又跳，比过节还热闹！

爸的蓝眼睛炯炯有神，头发竖立着，脚上穿的是一双崭新的皮靴。他从东部走了两百英里，又连夜冒着暴风雪从镇里走回来，此刻正站在家里！

"姑娘们，还穿着睡袍呢，羞不羞呀？"妈打趣说，"快上楼换衣服，早餐马上就好！"

她们以最快的速度冲上阁楼，换好衣服，然后又跑下楼梯，钻进爸怀里。她们洗脸洗手，然后又来抱着爸，梳完头发又赶紧抱着他，一刻也不愿松手。杰克兴奋得不知该如何是好，围着爸不停地摇着尾巴，打着转儿。卡琳用汤匙敲打着餐桌，咿咿呀呀地唱起来："爸回来啦！爸回来啦！"

最后，大家都来到桌边坐好。爸说，他因为太忙了，后来就没时间写信了。他说："每天天不亮我们就得用脱粒机打麦子，一直要干到天黑以后。所以，到了能回家的时候，我连信都没写，就立即动身了，甚至连礼物都没顾上买。不过，我现在有足够的钱给你们买礼物了。"

"查尔斯，我们最喜欢的礼物，就是你能平安回家！"妈说。

吃过早餐，爸要去看牛和马，全家都跟在他身边，杰克也紧跟在他脚边。山姆、大卫和斑斑长得很不错，爸非常高兴，说简直比他亲自照料得还要好。妈说这得归功于玛丽和罗兰。

"啊！回家的感觉真是太好啦！"爸说，"罗兰，你的脚怎么了？"

罗兰激动得都忘了鞋子硌脚了，要不然她肯定不会这样一瘸一拐地走。

"我的鞋夹脚了，爸。"罗兰回答。

爸回到屋里，坐下来，把罗兰放在膝盖上，然后弯下腰摸了摸罗兰的鞋子。

"哎哟！疼！"罗兰叫着。

"看来这一年里你的脚真是长大了不少。"爸笑着说，"你呢，玛丽？"

玛丽告诉爸她的鞋子也夹得脚疼。

"玛丽，把你的鞋子脱下来吧。"爸说，"罗兰，你以后就穿她的鞋子。"

玛丽的鞋子对罗兰来说挺合适，而且这双鞋子没有裂痕，也没有洞。

"一会儿我给鞋子上点儿油，看起来就会跟新的一样了。"爸说，"罗兰穿玛丽的鞋，罗兰的鞋可以留给卡琳穿，小孩子长得很快。我们给玛丽买双新鞋吧。现在还差什么要买呢？好好想想呀，卡洛琳。我这就去套马，咱们去镇上买！"

第三十章

到镇上去

好久没去镇上了，全家人一通忙碌。他们穿上最好的大衣，裹紧了披肩，爬上了马车。阳光明媚，地面上的冰霜泛着耀眼的光，凛冽的空气把他们的鼻子冻得生疼。

爸驾着马车，妈抱着卡琳紧靠在他身边。罗兰和玛丽偎依在一起坐在车厢里的毯子上，用披肩把两人紧紧裹在一起。杰克蹲在家门口目送他们远去，它知道他们很快会回来的。

就连山姆和大卫的步伐也变得轻快起来，或许它们也觉得爸回来了，好日子就来了。

到了费奇先生的商铺前，爸吆喝了一声，两匹马同时停下脚步，然后他把马拴好。爸先把盖房子买木板所欠的钱付给了费奇先生，然后又去尼尔森先生家还钱，因为他不在家这段时间尼尔森先生帮家里买过面粉和糖。爸清点好剩下的钱，就和妈一起去给玛丽买了双新鞋。

罗兰看着玛丽漂亮的鞋子，觉得很不公平。玛丽的旧鞋总是适合她穿，这意味着罗兰永远没有机会穿新鞋。这时妈突然说："得给罗兰买件新衣服啦。"

罗兰一听赶紧跑到妈身旁，在柜台前望着。费奇先生取下几匹漂亮的羊毛布料。去年冬天妈就把罗兰的冬衣接长了一大截，可到了今年冬天，衣服又短了一截，而且袖子太紧了，胳膊肘那里都磨破了，妈把破洞补平整，让她接着穿。但是罗兰穿着这件衣服依然觉得很紧，再说还打着补丁呢！当然了，她从没奢望过能有新衣服穿。

妈选了块金黄色的法兰绒问罗兰觉得怎么样。罗兰激动得说不出话来。费奇先生说："我敢保证，小姑娘穿起来一定很漂亮的。"

妈又拿了一些窄窄的红穗带，放在金黄色的布料上看了一会儿，说："我觉得在领口、袖口和腰带上装饰三条穗带会更漂亮。你说呢？罗兰？"

"啊！妈。这样特别好看！"罗兰激动地说，然后抬起头，正好看到爸那双明亮的蓝眼睛。

"那就是它了，买吧。"爸说。费奇先生量好了的布和穗带尺寸。

然后，该给玛丽选一些布料做新衣服了，可是费奇先生店里的布料都不合玛丽的意。于是他们一起穿过大街，进了对面奥尔森先生的店里。在那里，玛丽选中了梦寐以求的深蓝色法兰绒和窄窄的金色穗带。

奥尔森先生量尺码的时候，玛丽和罗兰在一边看着琳琅满目的布料，这时奈莉走了进来，她披着一件非常漂亮的短款毛皮披肩。

"哼！"她斜着眼瞥了一下蓝色法兰绒，鼻子里发出不屑的声音，"只有乡巴佬才穿这种布料。"她说着开始炫耀起自己的披肩，"看看我穿的！"

玛丽和罗兰都看着披肩，奈莉又说："罗兰，你一定也很想要一件这样的披肩吧？唉，不过可惜呀，你爸买不起，他不是老板。"

罗兰气得真想去扇奈莉个大耳光，但她不能那么做，只好硬生生转过身去。奈莉得意地哈哈大笑着，大摇大摆地走了。

妈又去给卡琳挑选做斗篷的布料。爸在买玉米粉、白豆、面粉、糖、盐和茶叶，然后要把煤油罐装满，最后再去趟邮局。午后天气开始转冷，他们买全了东西就驾车回了家。

吃过晚餐，玛丽和罗兰洗完碗盘，一切收拾妥当，妈把买回来的东西全都打开来，一家人开心地围坐在一起欣赏着。

"孩子们，我会尽快把你们的衣服做出来。"妈说，"爸回来了，我们又可以去上主日学校了。"

"卡洛琳，"爸问，"你给自己买的那块灰色的印花丝料呢？"

妈低着头，在爸疑惑的眼神中，脸上泛出红晕。

"你没给自己买，对吗？"爸追问。

"你给自己买的新外套呢，查尔斯？"妈瞟了他一眼。

"噢，卡洛琳，"爸一脸尴尬地说，"明年，那些蝗虫卵孵化出来后，我们的庄稼又会颗粒无收。而且到明年收割季前我都找不到工作了，这还有很长一段时间。再说，我的旧外套又没坏，不需要新的啊。"

"我也是这么想的呀。"妈笑着说。

夜幕降临，爸从琴盒里拿出小提琴，专心地把琴弦调好。

"我一直都在期待着这一刻。"说完，爸开始演奏起来，先拉了《乔尼快乐地回家来》，接着是《可爱的小女孩，美丽的小女孩，我留在家里的小女孩》。然后他一边演奏，一边唱了《我的肯塔基故乡》和《斯旺尼河》。最后，大家跟着爸的小提琴伴奏一起唱：

> 纵使行过千山万水，
> 享尽荣华与富贵，
> 那个温暖的家，
> 却是心中永恒的宫殿。

第三十一章
圣诞节的惊喜

这个冬天似乎还是蝗虫天的气候，降雪不多。灰暗的天空中刮着刺骨的寒风。这时，待在温暖的屋子里，对小女孩来说是最好不过的了。

爸整日在外面忙活着，他去砍些木材装在马车上拖回来，再劈成木柴堆起来。他顺着结冰的梅溪一直走到上游人迹罕至的地方，再沿着河岸设下陷阱，等着水獭、水貂还有麝香鼠自己钻进来。

玛丽和罗兰每天早上都一起读书，在石板上做算术。到了下午，她们就把学的课文背给妈听。妈夸奖她们是最棒的学生，告诉她们等再回学校上课的时候，她们肯定能毫不费力地跟上大家的进度。

每个星期日，全家都会去主日学校。罗兰总是看到奈莉在得意扬扬地炫耀那件毛皮披肩，她一想起奈莉说的那些侮辱爸的话，就怒火中烧。但她知道不能记恨别人，她劝说自己该原谅奈莉，要不然就不能成为天使了。她一直想着家里那本《圣经》封面上的天使画像。她们都穿着洁白的长袍，没有一个穿着毛皮披肩！

有个星期日罗兰特别开心，因为赶上奥尔登牧师从明尼苏达州东部来这里布道。他讲了很久，罗兰一直目不转睛地看着他那双温柔的蓝眼睛，心中期盼着礼拜结束后奥尔登牧师能过来看看她。果然，他真的朝她走来，和她说话了：

"哦！好久不见了，这是我住在乡村的小姑娘，玛丽和罗兰！"奥尔登牧师说。他还记得她们的名字呢。

那天，罗兰穿上了新衣服，裙子很长，袖子也很长，这让她的外套袖子显得有些短。不过，袖子上的红穗带真是太漂亮了。

"罗兰！你的新衣服真漂亮！"奥尔登牧师说。

那一天，罗兰几乎完全原谅了无礼的奈莉。可是，后面连着好几个星期日，奥尔登牧师都待在东部的教堂。上主日学校时奈莉总是不忘了当着罗兰故意摇晃肩膀展示那件披肩，罗兰只能一次又一次压抑住心中的愤怒。

一个下午，妈告诉玛丽和罗兰晚上要到镇上去，所以不用做功课了。罗兰和玛丽都特别惊讶。

"我们从来没有在晚上去过镇上啊。"玛丽说。

"什么事都会有第一次。"妈说。

"可是妈，为什么呢？为什么我们晚上要去镇上呢？"罗兰问。

"暂时保密。"妈说，"先别问那么多啦。我们全都得洗个澡，再打扮得漂漂亮亮的。"还没过完一个星期就又要洗澡了。妈把澡盆搬进来，提来热水，给玛丽、罗兰和卡琳从头到脚洗干净了。洗澡、换衣服、扎辫子、系蝴蝶结，整个过程前所未有地烦琐，这一切都让罗兰和玛丽充满了疑惑。

他们还提前吃了晚餐，然后爸去卧室洗了澡。罗兰和玛丽穿着新衣服，她们都知道不能再问问题了，所以只能凑在一起窃窃私语。

马车车厢里铺上了干净的干草。爸把罗兰和玛丽抱进车厢，再用毛毯把她们裹严实。然后他爬上车，坐在妈的旁边，架车奔向镇子。

夜空中，小小的星星闪烁着寒光。山姆和大卫的马蹄声清脆悦耳，车轮子滚过坚硬的路面，发出吱嘎吱嘎的声音。

"吁！"爸突然喊了一声，他勒住缰绳，山姆和大卫停下了脚步。月色朦胧，在这片空旷的草原上，似乎只有黑暗无尽的沉寂。

这时，突然传来一阵美妙的声音，如同鲜花一样绽放在黑夜里。

两个清晰的音符响起，一遍接一遍。大家都静止不动，只有山姆和大卫喘着粗气，马的勒口相互碰撞。那两个音符不断响起，时而浑厚，时而轻柔，听起来仿佛是遥远的星星在唱歌。

听了一阵，妈说："查尔斯，我们赶快到镇子上去吧。"马车又继续向前，透过车轮声，罗兰仍然能清晰地听到那震撼心灵的音符。

"爸，那是什么声音？"罗兰问。

"是教堂的钟声，罗兰。"爸回答。

罗兰想起来，爸就是为了这个声音才穿了那么久的破皮靴。

马车到了镇上，商铺全都关了门，家家户户都黑着灯，整个小镇似乎已经进入了梦乡。突然，罗兰惊叫起来："教堂！快看呀！太漂亮啦！"

教堂里灯火通明，光线从每一扇窗户倾泻出来。当大门敞开让人进入教堂的时候，灯光也照亮了门外黑暗的地面。罗兰兴奋得恨不得从车里跳下去，不过她记得爸说过，马车在行进时绝对不能站起来。

爸把车停到教堂的台阶前，把大家扶下车，他让她们先进去，但她们一直都在寒风中等着他。爸去给大卫和山姆盖好毛毡子，然后走过来和大家一起走进教堂。

罗兰瞪大眼睛，看着周围这一切。她紧紧拉住玛丽的手，跟在大家的后面。他们找位置坐下后，罗兰终于可以好好欣赏这一切啦。

在一排排拥挤的长凳前矗立着一棵树，罗兰肯定那是一棵树，不过这跟她见过的树不一样。那棵树上本来应该在夏天长满树叶的地方，挂满了一串串绿色的细丝带，丝带上系着很多用粉红色纱布做的小袋子，罗兰几乎都能看到里面装着的糖果。树枝上还挂着五颜六色的礼盒，有红色的、黄色的、蓝色的，外面用彩色细线扎着，盒子之间用丝巾连接着。许多红色连指手套用带子挂在树枝上，可以想象如果把它们挂在脖子上，手套就不会弄掉了。一双漂亮的新鞋倒挂在树枝上。在所有这些东西的上面，还挂着一串串雪白的爆米花串成的大花环。

树下，堆满了各种各样的东西。有一块光亮的波浪形洗衣板、一个大木盆、一个黄油搅拌桶、奶油搅拌器、木板雪橇、一把铁铲和一个长柄干草叉。

罗兰兴奋得都顾不上说话了，她抓着玛丽的手，越抓越紧。她抬起头看着妈，妈低头微笑着对她和玛丽说："这就是圣诞树呀，宝贝们。它真美，是不是？"

她们顾不上回答，只是点了点头，全神贯注地盯着这棵神奇的树。这段日子没怎么下雪，所以她们都忘了圣诞节来了。就在这时，罗兰看到一件小小的毛皮披肩，就挂在一根较远的树枝上，还搭配了一个毛皮手筒！

奥尔登牧师也来了！他正在讲台上向大家宣讲圣诞节的意义。可是罗兰目不转睛地观察着那棵圣诞树，牧师说的话一个字也没听进去。最后，全体起立唱圣歌时，罗兰跟着站起来，但是她没有出

声。在这个世界上，任何一家商店都比不上这棵神奇的圣诞树。

唱完了圣歌，道尔先生和比德尔先生开始把圣诞树上的东西一样样取下来，念出每样东西上的名字。道尔夫人和比德尔夫人把东西拿给念到名字的人。原来，树上的东西都是圣诞礼物！

当罗兰弄明白一切后，感觉周围的灯光、人群还有那棵树都在她眼前旋转起来，周围的喧闹声越来越大、她的心跳越来越快。这时有人把一只粉红色纱布袋递给她，如她料想的一样，袋子里果然装着糖果，还有一颗很大的爆米花。玛丽、卡琳手中也拿到了一个纱布袋。这是给每一个小女孩和小男孩的礼物。接着玛丽又得到了一副蓝色的连指手套，然后罗兰也得到了一副，是红色的。

妈拿到了她的礼物，装在一个大袋子里，是一条又宽大又暖和的橘红色的花格子围巾。爸的礼物是一条羊毛围巾。接着，卡琳得到了一个漂亮瓷娃娃，她兴奋得发出了尖叫。教堂里充满了欢声笑语，还有拆包装纸的沙沙声。道尔先生和比德尔先生还在高声念着名字。

罗兰紧紧盯着毛皮披肩和手筒，它们仍然挂在树上，她是如此渴望得到它们，所以想看看到底谁会是那个幸运儿。她认为这件礼物肯定不会是奈莉的，因为她已经有一件毛皮披肩了。

罗兰已经很满足了，不期望还能得到什么。不过，玛丽又得到了一本漂亮的印有图画的《圣经》。

这时，道尔先生从树上取下了毛皮披肩和手筒，念出了一个名字，但是周围的嘈杂声太大了，罗兰没听清楚。接着，毛皮披肩和手筒就消失在人群中了。

这时候，一只小小的黄斑白瓷小狗被递过来，这是送给卡琳的礼物，可是卡琳除了布娃娃已经顾不上别的了，所以罗兰帮她拿着小狗，她抚摸着小狗光滑的脑袋，对它笑着。

"圣诞快乐，罗兰！"比德尔夫人来到她跟前，把一个精致的瓷盒子放进罗兰的手中，盒盖上放着一只金色小茶壶和一套摆在金色茶碟上的金色小茶杯。

掀开盒盖，里面正好可以放下一枚胸针。妈告诉她，这是一个首饰盒，等罗兰以后有了胸针，就可以用这只盒子收纳。

罗兰从来没经历过如此奇妙的圣诞节，这浓浓的节日气氛，还有这盛大的场面令她应接不暇。教堂里充满了笑声，人头攒动，灯火辉煌。罗兰感到从未有过的满足和幸福，仿佛这个美丽的圣诞节、连指手套、精致的首饰盒、糖果……都一下子融入了她小小的身体。

"罗兰，圣诞快乐，这是你的礼物！"道尔夫人那温柔的声音忽然在耳畔响起，她微笑着站在罗兰面前，手里拿的正是那套毛皮披肩和手筒！

"给我的？"罗兰有些难以置信，"真的吗？"她颤抖地伸出双手，抱住那件软绵绵的毛皮，觉得身边的一切仿佛都不存在了一样。

她用力地拥抱着披肩和手筒，努力让自己相信这美丽的金黄色毛皮披肩和手筒都是她的了！

圣诞晚会还在继续，可罗兰觉得一切都变得和自己无关，只记得那件毛皮披肩。大家准备回家了，卡琳站在凳子上，妈给她扣好外衣纽扣，系紧了斗篷。

妈说："奥尔登牧师，非常感谢您送的围巾，这正是我需要的。"

爸说："我也很感谢您送的羊毛围巾，冬天围上它就暖和多啦！"

奥尔登牧师在长凳上坐下来，问玛丽："你的外套合身吗？"

罗兰这时才注意到玛丽的新衣服，她穿了件深蓝色的新外套。玛丽系好扣子，袖子和外套的长短正好合身。

"那么，我再看看这个小姑娘是不是喜欢她的披肩和手筒呢？"奥尔登牧师把罗兰拉到身边，笑着问她。牧师帮她围上了披肩，扣好脖子下的扣子，然后把手筒的细绳套在她脖子上，把她的手放进柔软丝滑的手筒里。"这就好了。"奥尔登牧师说，"以后，我这两个女孩从乡村来主日学校上课就会暖和多啦！"

"罗兰，你该说什么？"妈提醒她。奥尔登牧师忙说："什么也不用说啦，看看她那双眼睛里闪烁的光芒就足够啦。"

罗兰真的说不出话来。金黄色的毛皮温柔地贴在她的脖子和肩膀上，披肩刚好遮住了旧外套前面磨损的褶皱，手筒则刚好把短了一截的袖口遮住了。

"现在，她成了一只长着黄色羽毛的小鸟啦！"奥尔登牧师说。

罗兰笑了。这是真的，她的头发、外套、外套里的衣服，以及这漂亮的披肩都是黄色的，而她的衣服上的穗带则是红色的。

"我会把这只小黄鸟的故事讲给东部教区的人们听。"奥尔登牧师说，"你还不知道吧，当我把西部教区的情况说给他们听后，他们坚持送来一箱礼物来装扮这棵圣诞树。你的披肩和手筒，还有玛丽的外套是同一个小女孩送的，是她穿小的。"

"非常感谢您，牧师！"罗兰说，"还有请您帮我谢谢他们。"只要她能说出话，也能和玛丽一样有礼貌。

玛丽穿着新外套漂亮极了，在爸怀中的卡琳也很可爱，爸和妈都开心地笑着，罗兰更是兴高采烈！

然后，他们向牧师说了圣诞祝福，道了晚安。

奥尔森先生和夫人也准备回家了，奥尔森先生手里抱满了东西，奈莉和威利也同样如此。罗兰对奈莉的反感荡然无存，而且她有点儿得意扬扬。

　　"圣诞快乐，奈莉！"罗兰轻轻说。奈莉只是生气地瞪了她一眼。罗兰静静地从她身边走过，双手深深套在柔软的手筒里，罗兰的披肩比奈莉的漂亮多啦，况且奈莉还没有手筒呢！

第三十二章
蝗虫离开了

圣诞节后，一连几个星期都在断断续续地下雪。爸用柳树干做了一个大雪橇，他们每个星期日都穿戴一新，一起去上主日学校。

一个早晨，爸告诉她们外边刮起了"奇努克"风——这是一股从西北方吹来的暖风。第二天，积雪就被吹得融化了，雪水灌进了梅溪，水面涨得高高的。紧接着，又是几天阴雨天气，大雨日夜下个不停，梅溪水流湍急，波涛汹涌。

然后春天来了，天气暖和起来，溪水也重新变得温顺了。仿佛一夜之间，梅树和柳树都开花了，嫩叶舒展开来。草原上冒出了绿油油的青草，玛丽、罗兰和卡琳光着脚丫在柔软的草地上奔跑嬉戏。

气温逐渐回升，又到了烈日炎炎的夏季，学校也开学了。可罗兰和玛丽没回去上课，因为爸又要去东部找活儿干了，她们要留在家里给妈帮忙。

今年的夏天格外燥热，好像热风吹走了每一片带雨的云彩。

有一天，吃午饭的时候，爸说："蝗虫开始孵化了，炎热的阳光有利于蝗虫卵孵化，小蝗虫正像爆米花一样从壳里孵出来。"

罗兰跑到土丘上去看，草地上到处都是绿色的小东西在蹦跳。罗兰抓了一只小蝗虫放在手里，它的小脑袋、小翅膀、小腿甚至它的小眼睛都是青草的颜色。它虽然那么小，可该有的东西一样也不缺。罗兰很难想象这小家伙以后会变成一只丑陋无比的大蝗虫。

"它们很快就会长大。"爸说，"然后把地上长出来的东西吃得一干二净。"

每一天，都有无数的蝗虫从地下孵化出来，大大小小的绿色蝗虫遍布各处。它们吃光了菜地里的蔬菜，吃光了土豆的绿苗，吃光了草原上的绿草，吃光了梅树、柳树的每一片树叶。草原上一片光秃秃，大地露出了黄褐色的泥土。蝗虫长大后变成了褐色，鼓着大眼睛，撑着坚硬带刺的腿四处蹦跳。罗兰和玛丽吓得只能躲在屋里。

气温一天比一天高，一直不下雨，蝗虫的啃咬声仍然不绝于耳，直到人们即将崩溃。

"唉，查尔斯，"一天早上妈说，"这样的日子，我真的过不下去了！"

妈病了，她的脸苍白消瘦，瘫坐在椅子上，说话有气无力。

爸什么话也没说，径直走到门口，朝外看。他只有心情糟糕到极点的时候，才不搭理妈。这些天来，他一直板着脸进进出出，他不再拉琴，不再唱歌，也不再吹口哨。

这会儿，就连卡琳也不敢吱声了。大家都感觉到闷热难熬的一天才刚刚开始，没完没了的啃食声不断传进耳中。可是，忽然间，蝗虫的声音发生了明显的变化。罗兰好奇地跑出去张望，不由得喜出望外，爸也不由得叫起来。

"快看呀！卡洛琳！出怪事啦！"

大片大片的蝗虫正紧紧挨在一起，肩并肩，头尾相接地朝前边爬去，看起来就像是整个地面在迅速地移动。没有一只跳起来，也没有一只掉队，它们都以自己最快的速度向西爬去。

妈站在爸的身边看着。玛丽问："爸，怎么回事？"

爸说："我也不知道。"

爸用手遮在额头上，朝西边望了望，再看看东边，然后说："所有的蝗虫都在一起往西边爬呢。"

妈小声嘀咕："哼，这些坏家伙赶紧滚吧，滚得越快越好。"

他们都站在门口，看着这奇怪的地面。只有卡琳爬上高椅子，拿起汤匙敲打桌子。

"卡琳，等一会儿。"妈继续看着密密麻麻的蝗虫爬过门口。

"我要吃饭！"卡琳吵闹起来，可是谁也不理她。突然，她发出大声尖叫，"妈！妈！"

"行啦，行啦，这就给你拿早餐。"妈边说边转过身子，接着她也大叫了一声，"天啊！"

成群结队的蝗虫已经爬到了卡琳身上，东边的窗户大敞着，它们像潮水一样涌进屋来，越过窗台，沿着墙壁爬到地板上，顺着桌腿、板凳腿和卡琳的高椅子往上爬，也有的从桌子板凳的上面和下面爬过去，从卡琳的身上爬过去，朝着西边的方向前进。

"关上窗户！"妈大喊。

罗兰踩着蝗虫，迅速跑过去关上了窗户。爸跑到屋外查看了一番，然后跑进屋说："赶紧去把阁楼的窗户也关上。外面墙上也爬满了蝗虫，跟地面上一样密密麻麻的。它们遇到窗户也不会绕开，径直就爬进去了。"

蝗虫带刺的硬腿爬过墙壁和屋顶，发出刺耳的声音。整个屋子仿佛都被蝗虫攻占了。妈和罗兰不断把屋里的蝗虫扫成一堆，再拿到西边的窗户倒出去。屋外西面的墙上爬满了蝗虫，不过它们没有进屋，而是顺着墙壁爬到地面。跟其他蝗虫会合在一起爬向西边。

整整一天，川流不息的蝗虫向西爬，到第二天，第三天，大部队仍然浩浩荡荡向西边挺进。

它们坚定不移地爬过房子，爬过马棚，甚至爬过斑斑的身体。它们勇猛地爬进小溪，前面的淹死了，后面的继续爬进去，直到淹死的蝗虫填满了小溪，后面的蝗虫踩在尸体上爬过小溪。

太阳炙烤着小木屋。整天可以听到蝗虫从墙壁爬上去，翻过屋顶，又爬下来的刺耳声。紧闭的窗户下面堆积着成千上万只蝗虫，它们伸着脖子，撑着腿，拼命想沿着光滑的玻璃往上爬，可是爬不了几步就滑下去了，后面的蝗虫还是没头没脑地涌上来，又一波一波往下掉。

妈的脸色愈发苍白了，看起来很紧张。爸也一语不发，一直盯着外面的蝗虫。罗兰快要被这种声音逼疯了，可是她没有办法逃避。

已经整整四天了，蝗虫似乎完全不知疲倦，没完没了地向前涌动。阳光更加毒辣刺眼。快到中午的时候，爸忽然大喊着从马棚跑回来，"天啊！卡洛琳！快看看外边！蝗虫飞起来啦！"

罗兰和玛丽闻声跑到门口，只见所有的蝗虫都张开翅膀一跃而起，冲进空中，越飞越高，正如它们去年来时那样，遮住了整个天空，天色猛地暗了下来。

飞起来的蝗虫组成了一层厚厚的黑色的云，它闪烁着光芒，不断往上攀升，越到高处，光线就越亮，最后掠过太阳，向西边飘去，消失在远方。

蝗虫全走了，就连那些伤残的蝗虫也坚持向着西方蹒跚爬行，渐渐远去。天地间一下子安静下来，仿佛是暴风雨过后那种宁静。

妈走进屋子，重重地跌坐在摇椅上，"上帝啊！"她说，"我的上帝！"听起来好像是在表示感谢。

罗兰和玛丽坐在台阶上，她们终于可以坐在这儿了，因为蝗虫都走啦！

"多安静啊！"玛丽说。

爸倚着门边，严肃地说："真希望有人能告诉我，为什么它们会突然离开这儿呢？它们怎么会辨清方向，知道哪里是它们的老家呢？"

当然，没人知道答案。

第三十三章
火　轮

自从七月里蝗虫飞走后，一家人的生活又恢复了往日的平静。

被蝗虫啃得光秃秃的草原露出黄褐色的地面，下过雨后，地上又长出了一些青草。豚草长得最快，而且四处都是，风滚草同样长势凶猛。

柳树、杨树和梅树又吐出了嫩叶，可惜已经错过了开花的季节，所以今年不会结出果实了。今年也不会有小麦收成，不过梅溪边低洼的地带长出了粗壮的牧草。菜地里的土豆还活着，瀑布那里还能捉到足够的鱼。

爸把从尼尔森先生家借来的犁套在山姆和大卫身上，重新开垦了一小块杂草丛生的麦田，种下了萝卜籽。然后在房子的两边和小溪之间犁出了一道宽宽的防火沟。

"种得太迟了。"爸说，"老人们总说，不管什么样的天气，都应该在七月二十五日播种。不过我想他们没有考虑到蝗灾。卡洛琳，我该去东部了，田里这么多的萝卜以后就得辛苦你和孩子们来打理了。"

爸还得去东部，那里的庄稼开始收割了，有很多工作机会。

盖房子欠下的木材钱还没还清，家里也没有钱买糖、盐和面粉了。他出门后就没法给山姆、大卫和斑斑割干草了，但是尼尔森先生答应会帮忙割干草并堆好，只要能有他一份就行。

不久后的一个清晨，爸背着行李吹着口哨出发了。大家又一次依依不舍地目送他远去。和去年不同的是，今年爸穿着结实的新靴子，走多远的路都不怕，在以后的某一天，他会走回家的。

爸不在家的日子里，罗兰和玛丽每个早上做完家务，就开始学习，到了下午再把学的内容背给妈听，然后她们就可以出去玩耍了，不过玛丽更喜欢做针线活儿。傍晚，她们再去等牛群，把斑斑和它的小牛犊赶回家。然后帮妈准备晚餐，吃过晚餐，再洗刷盘碟，最后上床睡觉。

尼尔森先生把割下来的干草放在马棚边堆成垛，干草垛向阳的一面被晒得暖洋洋的，可背阴的那面却非常冰冷。

一天早晨，罗兰赶着斑斑和小牛犊去跟牛群会合，碰上牛群正在跟乔尼闹别扭。乔尼想把牛群往西边赶，那里的褐色牧草长得很茂盛。可牛不听乔尼的，它们就在原地打转，赖着不走。

罗兰和杰克帮乔尼一起赶牛。太阳正在升起，天气晴朗。正当罗兰快要到家时，她看见西边有一片很低的云层。她吸下鼻子，头脑里马上浮现出在印第安保留区发生的事。

"妈！你快来看呀！"罗兰大喊。

妈走出木屋，看到了那片云。

"还远着呢，"妈说，"也许它不会来这么远的地方。"

那个上午一直在刮西风。到了中午，风刮得越来越猛，妈、玛丽和罗兰站在门口看着。那片乌云越来越近，她们看见云层下面有一片闪烁的白光。

"牛群现在在哪儿呢？"妈不安地问，"希望牛群到了小溪对岸，这样就安全了。"她说，"孩子们，快进屋吃午饭吧，爸挖了防火沟，火烧不到我们这边来。"

妈抱着卡琳进了屋，罗兰和玛丽还不放心，站在门口看着那片滚滚而来的浓烟。突然，玛丽指着前方，大张着嘴说不出话。罗兰尖叫起来："火轮来啦！"

一团火像风火轮一样滚过来，所经之处的草瞬间被点燃了。一个又一个火轮接踵而至，这时，第一个火轮已经越过了防火沟。

妈立刻抓起水桶和拖把冲出去，使劲儿挥舞着湿拖把，把火轮扑熄在地上，变成黑乎乎的一团。紧接着，妈又朝另一个火轮跑去，可是，火轮依然接连不断地越过防火沟。

"快进屋去，罗兰！"妈喊道。

罗兰紧紧抓住玛丽的手，退到屋前，背靠着墙。她们都惊呆了。屋里传来了卡琳的哭闹声，妈把她关在里面了。

火轮一个个飞快地滚过来。原来那些都是风滚草，这种草成熟以后就干枯了，根浮出了地面，卷成一团，随着风到处飘，四处撒播种子。现在干枯的风滚草都燃起了火苗，随着风向前滚动，同时也带着野火四处燃烧蔓延开来。

妈冲上去，用拖把打这些火轮。她被笼罩在浓浓的烟雾中，罗兰被熏得流泪不止，杰克紧紧依偎在罗兰脚边，全身不停地发抖。

正在这时，尼尔森先生骑着一匹灰色小马飞奔而来，他到马棚边跳下来，抓起了干草叉，冲罗兰大喊："快去多弄些湿布来！"然后他冲进了浓烟中。

罗兰和玛丽找了很多麻布袋，用最快的速度跑到溪边，把它们浸透水，再跑回来。尼尔森先生把湿麻布袋裹在干草叉上。妈桶里的水用光了，她们又跑着去溪边打水。

小土丘上一道道火舌在干草中迅速向前蹿。妈和尼尔森先生用拖布和湿麻布袋对付它们。

突然，罗兰大叫："干草堆！干草堆！"一个火轮眼看就要滚到干草堆上了，尼尔森先生和妈慌忙冲了过去。又一个火轮穿过烧焦的地面，冲向木屋。罗兰害怕极了，不知道怎么办才好。卡琳还待在屋里呢！她急中生智，抓起一个湿麻布袋，扑灭了火轮。

终于，所有滚过来的火轮都被妈和尼尔森先生扑灭了，干草堆也得以保全。焦黑的干草灰在空中飘扬飞舞，而大火已经烧向了防火沟那边。

大火没能越过防火沟，被南边、北边的两条小溪包围住，无法蔓延，终于，火势逐渐减弱，最后熄灭了。

大风吹散浓烟，草原上的大火终于消失了。尼尔森先生说，他刚才骑着马把牛群赶到了小溪对岸安全的地方。

"真是万分感谢！尼尔森先生！"妈说，"您拯救了我们的家！如果没有您，我和孩子们真不知该怎么办呢！"

尼尔森先生回去了。妈感慨道："有个好邻居真的胜过一切！孩子们，咱们去把手和脸洗干净，吃午饭去。"

第三十四章
石板上的记号

那场大火过后，气温急转直下。妈怕土豆和萝卜被冻坏了，说要尽快把它们拔出来。

妈把土豆挖出来，玛丽和罗兰就装在桶里，运进地窖里储藏。寒风刺骨，而且风力很强，她们裹着围巾还觉得冷，因为要干活儿所以没法戴手套保暖，她们都冻得鼻子通红，手脚发僵。不过看着土豆大丰收，大家都高兴得顾不上冷了。

晚上，她们忙完了就坐在炉灶旁一边取暖，一边闻着煮土豆和炸鱼的香味，津津有味地饱餐一顿，然后舒舒服服地睡个觉，这种感觉真是棒极了。

等天气更冷一些时，她们就去拔萝卜。萝卜长得很大很深，罗兰得使出全身的力气拔萝卜，每拔起一根萝卜，几乎都要重重地跌坐到地上一次。

她们要用菜刀将绿色多汁的萝卜缨子切下来，汁液流到她们手上，被寒风一吹，手上就裂开了口子，流出血来。妈每晚都用一种猪油和蜂蜜调成的药膏涂在她们的手上。

萝卜缨是斑斑和它的小牛犊在冬天里能吃到的最可口的食物

了。地窖里储藏的萝卜足够一家人度过漫长的冬季了。萝卜可以煮着吃，还可以捣碎做萝卜泥，用奶油炖着吃也很美味。在冬夜里，桌子上的油灯旁会摆上一盘生萝卜。她们把萝卜皮削掉后，切成片生吃，十分可口。

她们忙活了好几天，终于把最后一根萝卜放进了地窖。妈开心地说："这下好啦，就算地面冻了也没关系了。"

那天夜里，地面真的开始冻冰了。第二天早上，窗外也结了厚厚一层冰霜。

现在，玛丽发明了一个好办法来计算爸还有多久才能回家。爸最后一封信上说，再过两个星期，那边小麦的收割去壳工作就能结束了。玛丽在石板上画了七个记号排成一行，代表一个星期的七天，又在下面画了一排记号，代表下个星期的七天。

最后一个记号代表爸回来的那天。不过妈看了石板后，建议她们再画一个星期的记号，因为爸走路回家还要花上几天的时间呢。于是玛丽就慢慢地又画上七个记号。罗兰不想看石板，因为还有那么多记号，等待爸回来的日子太长了。

每天晚上睡觉前，玛丽都会擦掉一个记号，表示又一天过去了。

每天早晨，罗兰都会想："得等上整整一天才能再擦掉一个记号。"

早上，空气寒冷而清新。阳光融化了积雪，不过地面仍然冻得非常结实。梅溪还没有结冰，水面上漂浮着黄褐色的枯叶，顺流漂向远方。

晚上天一黑，妈就会把油灯点着，炉火温暖而舒适。玛丽把课本摊开在桌上认真学习。罗兰、卡琳和杰克在干净光滑的地板上玩耍，妈坐在摇椅里缝缝补补。

到了该睡觉的时候，妈招呼大家上床，并摘下手指上的顶针。玛丽换好睡衣，取出石板擦掉一个记号，然后再把石板放好。

一天晚上，玛丽擦掉了最后一星期的第一个记号。她说："爸已经在往家走的路上啦！这些记号全擦掉时，爸就会到家了！"

在角落里一直趴着的杰克忽然发出一声兴奋的叫喊，然后跑到门口，前爪搭在门上，不断呜呜地叫着，尾巴起劲儿地摇摆。接着，罗兰听见风中隐约传来口哨声，是《乔尼快乐地回家来》！

"是爸！"罗兰大叫一声，推开门，迎着刺骨的寒风冲进了黑夜，杰克一溜烟跑到了她前面。

"你好吗？我的宝贝！"爸双臂抱住罗兰，然后他又抚摸杰克，"你好啊，杰克！"

这时，门口那里有灯光照出来，玛丽走出来，妈抱着卡琳跟在后面。爸一把抱起卡琳，把她抛起来，又稳稳接住，说："我的小不点儿是不是又长大啦！"他又拉了拉玛丽的辫子，说："你好，我的大女儿！"最后爸对妈说："卡洛琳，你要是能从这个几小淘气中挤过来，就给我个吻吧！"大家进了屋，开始忙着给爸准备晚餐，谁都不想去睡觉了。罗兰和玛丽急着把家里发生的事告诉爸：火轮、挖土豆、拔萝卜、斑斑的小牛犊长大了，她们的功课进度……最后，玛丽问："爸，我石板上的记号还没擦完呢，你怎么提前回来了？"

她把石板拿给爸看，并把她们计算日子的办法告诉了他。

"我猜应该是这么回事儿，"爸说，"那封信从东边寄到这里需要好几天呢，你忘了刨去这段时间啦。我听说今年的冬天冷得早，想着一定得早点儿赶回家，所以我就大步流星往家赶。卡洛琳，快看看需要什么，我们明天就去镇上买。"

妈说家里现在什么都不缺，不过盐只够再吃几天的了。她告诉爸，她们最近一直吃鱼和土豆，所以节省下很多面粉，糖和茶叶也剩下不少。

于是爸决定这几天先劈出足够的柴囤起来，然后再去镇上采购。"这种风声真让人不安，我听说，明尼苏达州的暴风雪来势汹汹。我还听人说，有一对夫妇去了镇上，突然天降大雪，阻挡了他们回家的路，留在家里的孩子只好把家具都丢进火炉烧了取暖，风雪停了，他们回到家里，发现孩子们全冻死了。"

第三十五章
看 家

爸接连几天都驾着车沿着溪岸边来回地跑，砍下木头运回家。他砍下了老梅树、老柳树和白杨树，留下小树继续生长。他把木材堆在家门口，然后劈成柴火。

爸把一把短柄斧别在腰间，手臂上挂着捕兽器，肩上扛着火枪，沿着梅溪走到上游很远的地方，设下捕兽器，来捕捉麝香鼠、水獭、水貂和狐狸等。

有一次，吃晚饭的时候，爸告诉大家他发现了一片草地有河狸出没，不过他没有把捕兽器放在那里，因为河狸的数量不多。后来他还看到一只狐狸，开了枪，却没有打中。

"我打猎的手艺已经生疏了。"他说，"我们这里地方虽然好，可惜猎物太少，我有点儿怀念西部了，那里有……"

"查尔斯，"妈说，"那里可没有学校让孩子们上学。"

"你说得有道理，卡洛琳。"爸说，"听听外面的风声，估计暴风雪明天就要来啦！"

不过第二天却温暖得像春天一样，阳光明媚。爸上午十点左右就回屋了。"我们早点儿吃午饭吧，下午去镇上采购。"他对妈说，"难得天气不错，别老是闷在屋里。等到天气冷了，我们就总得待在屋里了。"

"可是，孩子们怎么办？"妈说，"卡琳不能跟着我们走这么远呀。"

"看你，"爸笑着说，"玛丽和罗兰都是大姑娘啦，她们能照顾卡琳一个下午。"

妈兴高采烈地跟着爸去了镇上。她围上了那条橘红色格子围巾，配上棕色的针织兜帽，显得光彩照人。妈迈着欢快的步子，幸福地扬着头望着爸，罗兰觉得妈像一只快乐的小鸟。

爸妈走后，罗兰负责打扫地板，玛丽收拾餐桌，清洗碗碟，罗兰把盘子擦干放进橱柜。最后，她们一起把红色的格子桌布铺到餐桌上。接下来，整个下午都是属于她们自己的时间了，她们想玩什么就玩什么。

她们打算玩"老师教学生"的游戏。玛丽说应该自己当老师，因为她年龄最大，知道的事情多。这是事实，罗兰也没有办法反驳，只好让她当"玛丽老师"。玛丽玩得很开心，可罗兰很快就厌倦了。

"我有个好主意。"罗兰说，"我们一起当老师，教卡琳认字母怎么样？"

她们让卡琳在板凳上坐好，把书举在她面前，很耐心地教她。可卡琳完全不配合，她对认字母一点儿兴趣也没有，两个"老师"只好作罢。

"好吧，那我们玩看家的游戏吧。"罗兰说。

"这算什么游戏啊？我们本来就在看家啊。"玛丽说。

妈一走，屋子一下显得空荡荡的，很冷清。妈平时很安静，非常温柔，可是现在整个屋子似乎都在期待她说话的声音。

罗兰独自跑出门玩了一会儿，不一会儿又无聊地回来了。一切都变得那么无趣，每一秒钟都变得无比漫长。

杰克也烦躁不安地满屋子乱转。它走到门口想要出去，可罗兰把门打开，它似乎又改了主意，趴在了地上，过一会儿又站起来，继续在屋子里不停地打转，越发地焦躁起来。

"杰克，你这是怎么啦？"罗兰问。它不安地望着罗兰，哀叫起来。

"外面是不是出了什么事？"玛丽有点儿担心。罗兰打开门想出去看看，可杰克使劲儿咬住她的裙子往回拖。屋外温度突然降低了很多，刺骨的寒风一个劲儿往屋里灌，罗兰赶紧关上了门。

"阳光突然暗下来了。"罗兰说，"难道又是蝗虫？"

"傻瓜，蝗虫怎么会在冬天出来？"玛丽说，"应该是暴风雨要来了。"

"你才是大傻瓜。"罗兰说，"冬天才不会下雨呢。"

"就算是暴风雪好了，不是差不多吗？"玛丽生气地说。罗兰也生气了，她俩快吵起来了。正在这时，阳光完全不见了，玛丽和罗兰跑到窗户前向远处张望。

一团乌云从西边飞快地翻涌而来，乌云的底部就像羊毛一样。按说爸和妈这个点应该已经到家了，可还是不见他们的人影。

"没准真的是暴风雪要来了。"玛丽说。

"就是爸说过的那种。"罗兰点点头。

她们在昏暗的光线里相互看了一眼，不约而同地想起爸讲过的那几个冻死的孩子。

罗兰突然叫起来："柴火箱还是空的！"然后就要往外跑。

玛丽一把抓住她，说"你不能出去！妈嘱咐过，要是暴风雪来了，我们绝对不能出屋！"罗兰猛地甩开玛丽，玛丽又叫杰克拦住罗兰。

"傻瓜！我们要赶在暴风雪来临之前把柴火搬进来！"罗兰吼道，"快点儿！"

外面已经刮起了大风，风中有种奇怪的声音传来，就像有人在远方尖叫。她们戴上连指手套，围好围巾，用别针将围巾在下巴底下固定好。

罗兰比玛丽快些，她对杰克说："杰克，我们要把柴火搬进来。"杰克似乎听明白了，跟着罗兰一起跑出去。外面的风比冰还要冷，罗兰跑到柴火堆边，双手抱起满满一抱柴火就往回跑，她手里抱着

木柴没法开门，玛丽赶紧帮她开了门。

现在，她们有一个难题。那块乌云越来越近了，她们必须都出去抱柴火，但这样一来就没有人开门了。门也不能一直开着，不然冷空气会灌进屋里。

"我来开门。"卡琳说。

"你不会。"玛丽说。

"我会开！"卡琳说，她把双手举高，转动门把手。卡琳长大了，能开门啦！

这下难题解决了，罗兰和玛丽飞快地出去把柴火抱进屋，卡琳就守在门口，给她们开门，等她们出去时再把门关上。玛丽没有罗兰跑得快，但每次能比她多抱些柴火。

开始下雪前，柴火箱被装满了。大雪也随着狂风骤然降临，雪粒像沙子一样又小又坚硬，打在罗兰的脸上，刀割一样疼。卡琳每次打开门，都会有大风吹进一些雪花进来。

罗兰和玛丽一心只想把柴火搬进屋，已经把妈"下大雪时不能出屋"的叮嘱完全抛在了脑后。她们疯狂地来回奔跑，尽可能多抱些柴火，脚步有些跟跟跄跄。

屋里的柴火越来越多，先是堆满了柴火箱四周，接着，靠着炉灶、墙根越堆越高。

门在她们身后"砰"的一声关上了，她们向柴火堆冲去，张开双臂抱起一堆柴火，冲向屋门。"砰"，门开了，"砰"，她们用屁股顶上门，"哗啦！"她们把柴火丢到地上，然后又跑到屋外去抱木柴，再转身跑回屋里。

雪下得很急，不一会儿就把柴火堆完全遮住了。雪粒硬生生往她们脸上砸，天地间白茫茫一片，她们看不清柴火堆，连房子也看不清了，看杰克也只能看到一个小黑点来回奔跑。罗兰的手臂很疼，喘不过气来，心里在想：爸在哪儿？妈在哪儿？现在她只有一个目标，那就是快点儿再快点儿！

柴火堆终于全被搬完了，玛丽拿了几根，罗兰抱起剩下的几根，她们一起跑向屋子。罗兰拉开门，杰克冲了进去，卡琳站在窗户边高兴地鼓掌欢呼。罗兰把手里的柴火一扔，转头看到爸妈从白茫茫的大雪中冲进屋里。

他们一进屋，便关上门，站在那儿喘着粗气，浑身上下都是雪。玛丽和罗兰，也浑身是雪。四个人互相看着，谁也没说话。

后来，玛丽小声地说："妈，我们跑到雪地里去了，我们忘了你的嘱咐。"

罗兰低着头说："爸，我们不想把家具烧掉，我们怕被冻死。"

"噢！"爸喊起来，"瞧瞧我的两个小丫头！瞧瞧她们多了不起！整个柴火堆都被她们搬进来了。我劈的那些柴火够我们烧两个星期呢！"

然后，爸哈哈大笑起来，妈也温柔地看着玛丽和罗兰。爸和妈没有责怪她们，因为她们做了件聪明的事，尽管柴火搬得有点儿多。某个时刻，她们突然长大了，能够有自己的主见，而不是每件事情都听爸妈的话。

现在，所有的柴火都堆在屋里，柴火上的雪变成水滴落下来，在地面上汇成了水洼，顺势流到了门口。

她们赶紧帮妈把外套脱掉，抖掉上面的雪，挂起来晾干。爸匆匆奔向马棚去干些杂务活儿，他怕暴风雪变得更猛烈。

玛丽和罗兰按照妈说的把柴火整齐地堆在一起，又用拖把把地板上的积水擦干。屋子里又变得整洁舒适了，茶壶中的水"咕咕"地翻腾着，温暖明亮的火光从火炉里照射出来，屋外的雪花慢慢地落到窗户上。

爸进了屋。"风太大了，桶里的牛奶都被刮走了，只剩了这么一点儿。"爸顿了顿又说："卡洛琳，这场暴风雪实在太恐怖了。我什么都看不清楚，风从四面八方刮过来，我觉得自己正慢慢地走回来，可我看不到房子在哪里，我差点儿就撞在墙角上了，要是我的脚再向左偏一点儿，我恐怕就再也进不了屋了。"

"查尔斯！"妈惊呼道。

"现在没什么可怕的了。"爸说，"真不敢想，假如我们在镇上逗留得久些，假如我们不是一路奔跑着赶回来……"他眨眨眼睛，摸摸玛丽的头发，拉拉罗兰的耳朵，又说："柴火全都搬进了屋里，这真是太棒了！"

第三十六章
大草原上的冬天

第二天，暴风雪变得更加猛烈了。透过窗户往外看，外边什么也看不到，原本透明的玻璃窗看上去好像糊了一层白纸。风雪咆哮着，围着木屋转圈。

斜顶小屋的门口被一道高高的雪墙堵住了。爸要去趟马棚，一推开门，积雪就涌进屋子里。爸把挂在小屋墙上的绳子取了下来。

"如果不用这个东西带路，我不敢出门。"他说，"把这根绳子拴在晾衣绳那一头，我就能去马棚了。"

爸安全回来时，她们都松了一口气，桶里的牛奶又被刮得所剩无几了。爸冻得一语不发，坐在炉灶边烤火，缓过劲儿来才说话。他说他顺着晾衣绳前行，一直走到拴晾衣绳的柱子那里，然后把手里的绳子的一端拴在上面，继续往前走，边走边一点点放下手里的绳子。

他只能看到一片风雪飞过，别的东西都看不到了。突然，他撞上了什么，原来是马棚的墙。他扶着墙走到马棚门口，把手中的绳子拴在门上。爸进去做完所有的杂活儿，再抓住这根绳子摸回屋里。

暴风雪又整整刮了一天，狂风片刻不停地咆哮。不过，屋子里非常温暖，火炉里的柴火烧得很旺。罗兰和玛丽在学习，爸拉着小提琴，妈坐在摇椅里织毛衣，炉灶上炖着的豆子汤散发出诱人的香味。

暴风雪昼夜不停地又连着下了两天。炉灶里的火苗向外冒着，爸给她们拉小提琴，讲故事。

第三天早晨，风声减弱了，太阳也出来了。罗兰透过窗户，看到地上的雪花被风卷起来，欢快地在空中旋转，那景象就像梅溪洪水泛滥冒着白沫一样，只是洪水变成了白雪。外面天寒地冻，就连阳光照在身上都让人觉得冰冷刺骨。

"暴风雪应该是过去了。"爸说，"要是我明天能去镇上，一定会买些吃的东西回来。"

又过了一天，风雪停了，地上仍然堆着厚厚的积雪，不时被风卷起一阵雪雾。爸架着马车去了镇上，买回了玉米粉、面粉、糖和豆子，装满了好几个大口袋，够吃很久了。

"说起来真可笑，"爸说，"我们现在竟然要为吃不到肉而发愁。当初在威斯康星，我们总是能吃到熊肉和鹿肉，在印第安保留区，到处都是羚羊、鹿、长耳野兔、火鸡，简直应有尽有，可这里只有小小的短尾兔。"

"我们应该养一些家畜。"妈说，"家畜很好养，我们可以种些谷物当饲料。"

"这是个好主意。"爸说，"明年我必须要种小麦了。"

才过了一个风和日丽的日子，暴风雪再度来袭。乌云翻滚着从西北边扑了过来。狂风怒吼着，卷着鹅毛般的大雪四处飞舞，天地间一片白茫茫，什么也看不见。

爸去马棚只能又靠那根绳子了。妈忙着做饭、打扫屋子、缝补衣服，还帮玛丽和罗兰温习功课。玛丽和罗兰把盘子洗干净，屋子也收拾得井井有条，把脸和手洗得很清爽，头发也梳得整整齐齐。她们学习功课，课余时间陪卡琳和杰克玩，还教卡琳认字母，在石板上画画。

玛丽一直在缝自己那条用九块碎布拼起来的被子，罗兰也开始缝自己的被子，她的比玛丽的还难缝，布上的线头斜斜的，很难缝平整，罗兰叫它"熊掌被子"。罗兰必须把每条线完全对齐，妈才会让她缝下一条线。短短的一条斜缝，罗兰往往要花上好几天才能缝好。

就这样，大家都有自己的事情要忙，日子就在一场接着一场的暴风雪中度过。一场暴风雪刚结束，寒冷的太阳才露了一天脸，就被接踵而来的另一场暴风雪再次遮住了。太阳一出来，爸就出去争分夺秒地干活儿，尽可能多劈些柴火，去检查捕兽器，还要从堆满了雪的干草垛中叉些干草到马厩。哪怕出太阳的这天不是星期一，妈也会抓紧时间洗好衣服挂出去晒干。罗兰和玛丽在这天不用学习，她们会穿得严严实实，带着卡琳到屋外去晒晒太阳。

第二天，另一场暴风雪又来了，不过爸妈都已经做好准备工作了。

如果星期日出太阳，教堂就会敲钟。全家人都会站在门口静静聆听那清晰悦耳的钟声。

她们好久没去主日学校了，因为不期而至的暴风雪随时会堵住她们回家的路。不过每个星期日她们都会在家上主日学校的课。妈念一段《圣经》上的故事或诗篇，罗兰和玛丽背诵她们学习的《圣经》章节。爸用小提琴拉着赞美诗的旋律，大家一起唱：

当乌云遮蔽天日，

黑暗笼罩大地，

希望将照亮道路，

……

每个星期日，爸都会拉琴，让大家跟着一起唱：

安息日学校就在我身边，

它胜过一切华美宫殿，

欢乐充满我们的心田，

我可爱的安息日之家。

第三十七章
漫长的暴风雪

一天，暴风雪渐弱，吃晚餐时爸说："明天我打算去镇上买些烟丝，顺便打听些消息。家里还需要买什么东西吗，卡洛琳？"

"什么都不用买。"妈说，"查尔斯，暴风雪随时会来，还是别去啦。"

"我会及时回来的。"爸说，"这场暴风雪足足持续了三天，肯定会有一天的好天气，再说劈好的柴火足够我们度过下一场暴风雪，我好不容易有空，还是去一趟吧。"

"你要是坚持就随你吧。"妈说，"不过，查尔斯，你必须保证，万一遇上暴风雪，你一定待在镇上不要急着回家。"

"放心吧，卡洛琳。这么大的暴风雪，我要是手上不能紧紧拽着根绳子保障安全的话，肯定一步也不敢走啊。"爸说，"可是，卡洛琳，你今天怎么和平时不大一样呢，以前我到处乱走你从没担心过啊。"

"不知道为什么，我总是有种不好的感觉，"妈说，"虽然这种感觉有点儿傻。"

爸大笑起来，说："那我这就去多搬些柴火进屋，以防我万一

186

真被困在镇上了。"

第二天一早，柴火箱的四周都高高地堆满了柴火。爸准备步行到镇上去。妈嘱咐他要多穿一双袜子，免得冻脚。爸叫罗兰取来脱鞋器，脱下靴子，把妈刚织好的羊毛袜套在旧袜子外边，又厚实又暖和。

"你的大衣穿得太久了，磨得太薄了。"妈说，"你要能买件新的野牛皮大衣就好了。"

"你要是能存些漂亮珠宝，那才好呢。"爸说，"卡洛琳，春天就要到了，一切会好起来的。"

爸穿上那件磨出线脚的旧大衣，戴上厚厚的毡帽，微笑着跟她们道别。

"查尔斯，外边太冷了，把耳罩戴上吧。"妈说。

"今天就不戴了，让风在我耳边吹哨吧！"爸说，"孩子们，你们乖乖在家等着我回来吧！"他对罗兰挤挤眼，打开门，出去了。

罗兰和玛丽照常做完了家务，拿着书开始坐下来学习。屋子是那么舒适明亮，罗兰忍不住抬头欣赏起来。

黑亮的炉灶在阳光下泛着光，灶上一锅炖豆子正在冒着热气，烤箱里烘烤的面包香气诱人。粉红色的窗帘之间有阳光照射进来，桌子上铺着亮丽的红格子餐布。卡琳的黄斑白瓷小狗和罗兰精致的首饰盒安静地放在搁物架的时钟旁边，妈心爱的牧羊女瓷像站在棕色的搁物架上微笑着。

妈坐在窗边的摇椅上，膝上放着针线筐。卡琳坐在她旁边的小板凳上，把课本上的字母读给妈听。卡琳已经能区分字母 A 和 B 的大小写，不过她还很小，不需要学很多东西，她读了一会儿就看着书上的图画玩耍起来。

十二点的钟声敲响了。罗兰看着钟摆左右摇动，黑色的指针在白色的钟面上缓缓移动。这时，爸应该要到家了。豆子汤已经煮好了，面包也出炉了，午餐都准备好了，就等爸回家开饭了。

罗兰向窗外望去，她盯了一会儿，发觉天色有点儿不对劲。

"妈，你看。"她喊道，"太阳的颜色是不是很怪？"

妈放下手中的针线活儿，抬头看了一眼，立刻变了脸！她飞快地跑进卧室，眺望西北方，然后静静地走了回来。

"孩子们，你们赶紧收好书本，穿上外衣去外边搬些柴火进来吧。"妈说，"暴风雪就要来了，万一爸被困在镇上，我们屋里的柴火恐怕就不够用了。"

罗兰和玛丽来到外边，看到乌云已经滚滚而来，她们抱起柴火撒腿就往回跑，才刚到屋里，咆哮的暴风雪就来了，卷起了厚厚的雪花，不一会儿就盖住了门前的台阶。

妈说："柴火够用了，这场暴风雪不会太大，爸可能在回来的路上了。"

玛丽和罗兰脱下外衣，一边在炉火旁烤手，一边焦急地等着爸。

屋外的狂风发出刺耳的怒吼，绕着小木屋不甘心地打转。雪花不知疲倦地敲打着窗户，时钟的长指针绕了一圈又一圈，短指针从十二点挪到了一点，又移到了两点。

妈把热气腾腾的豆子汤舀到碗里，又拿了一块新烤的面包掰成碎块分给孩子们。

"快吃吧。"妈说，"你们不用担心爸，爸赶上了暴风雪，得待在镇上了。"

妈忘了给自己盛豆子汤，等她回过神来舀了一碗，却放在桌上忘了吃。直到玛丽提醒她汤要凉了，才心不在焉地吃了两口，然后就放下了碗，说自己不饿。

暴风雪更猛烈了，小木屋在风中战栗，寒气穿透了地板，尽管小屋结实而牢固，但粉尘似的雪粒还是从窗和门的缝隙钻了进来。

"爸肯定得留在镇上过夜了。"妈说，"我得赶紧去趟马棚。"

她穿上爸那双破旧的高筒马靴，靴子太大了，不过至少脚不会沾到雪了。她又套上了爸的工作服，扎紧领口，披上斗篷，围好头巾，戴好了连指手套。

"妈，我跟你一起去。"罗兰说。

"不行！"妈说，"你们都听好，一定要小心炉火，除了玛丽以外谁都不准碰炉灶。无论我出去多久，这段时间绝不许你们出门，也不许开门！"

妈把牛奶桶挎在胳膊上，然后开门伸出手在扑面而来的飞雪中摸索，抓住了晾衣绳，随后把门关上了。

罗兰站在窗边张望，不断打在窗户上的飞雪遮挡了视线，她完全看不到妈的身影。狂风的咆哮声穿透了小木屋，好像有无数个声音在含混不清地呐喊。

罗兰努力克制住自己的焦虑，她在脑海中想象着妈在外面的情形。妈紧紧抓着晾衣绳，摸索着走到晾衣绳那端的柱子边，再向前走，她迎着风雪，视线一片模糊。现在，她一定撞到马棚门上了。妈打开门，被狂风推进马棚，她把门闩好。动物呼出的热气在马棚里弥漫，厚实的草泥墙挡住了暴雪和狂风，马棚里安静而暖和。山姆和大卫转过头来，温顺地朝妈喷着气。斑斑和它的牛犊们发出"哞——哞——"的叫声，一只老母鸡发出咯咯的声音，小母鸡用爪子在地面找着食物。

妈会用干草叉把马棚收拾一下。她把地上铺的保暖用的旧干草扔到堆肥的地方，再把食槽里剩下的草料叉出来铺在地上，给马和牛们铺干净的床。接下来，妈会把干草垛里新鲜的干草叉进食槽里，装满。爸早上出门前才给它们喂过水，所以它们还不太渴。山姆、大卫、斑斑和它的小牛犊低头开始咀嚼新鲜的干草，沙沙作响。

妈用一把旧刀子剁出一些萝卜块放进食槽里，牲口们都很爱吃这种香脆多汁的萝卜。妈接着给母鸡的饮水盆加足水，在地上撒些玉米粒，又放上了一根萝卜，让它们啄着吃。做完这些以后，妈现在一定在给斑斑挤奶了。

罗兰一直盘算着妈做到哪一步了，心里很不踏实。这时，妈应该已经给斑斑挤完奶了，然后把挤奶时坐的小板凳挂好，闩好马棚的门，摸索着走回来。

罗兰等了很久，还不见妈回来，不过她决定再等等看。小屋被风吹得晃动起来，细小的雪粒顺着门窗的缝隙掉到地板上，迟迟不肯融化。

罗兰紧紧围着围巾，还被冻得瑟瑟发抖。她全神贯注地盯着窗外。刺耳的风声在她耳边回荡，她不禁想起那几个等不到爸妈的小孩，烧光了所有家具被活活冻死的情景。

罗兰无法再保持镇静了，但她不能出去。尽管炉火烧得很旺，但只有炉火附近还算暖和。罗兰把摇椅推到炉子旁边，让卡琳坐在上面，并整理好她的衣服。卡琳在椅子里摇来摇去很开心，罗兰和玛丽默不作声地等着。

终于，门被猛地被撞开了。罗兰和玛丽飞奔着迎上去，玛丽从妈手中接过牛奶桶，罗兰帮妈解开斗篷。妈快被冻僵了，径直走到炉子边取暖，半天才缓过劲来。她第一句话就问："桶里还有牛奶吗？"

桶里只剩一点儿牛奶了，桶的内壁上沾着薄薄一层牛奶，已经冻住了。

"太可怕了。"妈烤着冻僵的手说。她点亮了油灯，摆在窗台上。

"妈，为什么把灯放在那儿呢？"玛丽问。

"外面的积雪在灯光的照映下显得多么美啊！"妈说。

妈休息了一会儿，她们一起喝牛奶，吃面包，这就是晚餐。然后，她们静静地围在炉火边，倾听着屋外寒风的悲号、尖叫。屋子被风吹得直摇晃。

"这可不行，"妈说，"我们来做热豆粥游戏吧！玛丽和罗兰一组，卡琳和我一组，我们比谁拍得快！"

就这样，她们玩起了游戏，手拍得越来越快，直到念不出词来，大家笑得很开心。然后，玛丽和罗兰开始收拾餐桌，妈坐在摇椅上织毛衣。

卡琳还没玩够，玛丽和罗兰做完家务就轮流陪她玩。她们都玩累了，卡琳还吵着说没玩够。

暴风雪继续嘶吼着，丝毫不肯放松，小屋在颤抖。罗兰一边和卡琳拍手唱着：

有人爱喝热豆粥，

有人爱喝凉豆粥，

有人把粥放在锅里，

九天后……

突然，罗兰听到烟囱里传来一阵尖锐刺耳的声音，抬头一看，大叫起来："妈！着火啦！"

一个比毛线球还大的火球从烟囱里滚落下来，掉到地板上，妈慌忙跳起来，撩起裙子，想用脚踩灭，可火球迅速地穿过妈的双脚，朝地上的毛衣滚去。

妈想把火球扫进炉灰盘里，可是火球滚来滚去不听话。这时，烟囱里又滚下来一个火球，紧接着是第三个。它们在地板上滚来滚去，幸好没有把地板烧着。

"天啊！"妈喊道。就在她们看着这些滚动的火球束手无策时，突然，地板上只剩下两个火球了，接着全都消失了，就像是变戏法。

"这也太古怪了！"妈恐惧地说。

杰克脖子上的毛全都竖着，它站在门口，仰着头不停地号叫。

玛丽被吓得在椅子里缩成一团。"杰克，求你了，快别叫啦！"妈用手捂着耳朵哀求道。

罗兰跑过去想抱杰克，可杰克挣脱了，它走到屋角趴下，鼻子搁在前爪上。身上的毛仍旧竖着，眼睛在阴影中闪闪发光。

妈抱着卡琳坐在摇椅里，罗兰和玛丽也跟她们挤在一起。她们听着外面的风声，看着杰克闪亮的眼睛。最后，妈说："孩子们，去睡觉吧，越早睡着黎明就会越早来临。"

她亲吻了她们，说了晚安，然后回到炉灶边烘烤卡琳的睡衣。玛丽爬上了阁楼，罗兰上到梯子的一半停住了，她轻声问："妈，爸真的在镇上过夜了吗？"

妈低着头，很轻快地说："那还会错，罗兰？他现在一定正跟费奇先生坐在炉火边，喝茶聊天呢。"

睡到半夜，罗兰突然惊醒了，她看见楼下的灯还没有熄灭。她悄悄地跪在冰冷的地板上向下看。

妈独自坐在摇椅里，低着头，一动不动，眼睛呆呆地望着自己放在膝盖上的双手，十根手指紧紧地绞在一起，无力地垂在腿上。窗台上的油灯在一跳一跳地闪动。

妈一直不动，油灯也一直亮着，暴风雪始终不肯停止号叫，追逐着那些四处乱跑的东西。罗兰看了很久才又爬回小床，钻进冰冷的被窝，瑟瑟发抖。

第三十八章
开心地做游戏

第二天早晨，妈很晚才叫罗兰她们起来。外面的暴风雪变得更大了，窗户上蒙上了毛茸茸的白霜。在这么严密结实的屋里，地板、被子上也洒上了一层糖粉似的雪粒。阁楼上非常冷，罗兰抓起衣服跑到炉灶边去穿上。

玛丽早就起来了，她正在帮卡琳穿衣服。餐桌上摆着热气腾腾的玉米粥、白面包、牛奶和黄油。外面灰蒙蒙的，窗户上都结满了霜。

妈站在炉灶边还冻得发抖，她说："该去马棚了。"

她穿上爸的高筒靴和工作服，裹上斗篷和大围巾出去了。她告诉玛丽和罗兰，因为今天要给牲口喂水，所以这次去的时间要长一些。

玛丽静静地等着，但是罗兰实在不能忍受这种压抑的气氛，于是说："别干等着，我们得找点儿事情做。"

她们把盘子清洗擦干，抖掉被子上的雪粒，整理好床铺。接着，她们站到炉灶边暖身子，又顺手把炉灶擦得锃亮，然后玛丽打扫木柴箱，罗兰扫地。

妈还没有回来。于是罗兰又拿起抹布擦窗台和凳子，又把妈的摇椅的每个弯曲面都擦干净。然后她站到凳子上，小心翼翼地擦拭钟架和黄斑白瓷小狗，以及她那个精美的首饰盒。不过，她没敢碰那个牧羊女瓷像，因为妈禁止任何人去碰。

在罗兰忙着这一切的时候，玛丽在给卡琳梳头发，还把红格子桌布铺到了桌上，然后拿出了课本和石板。

不知过了多久，妈终于和暴风雪一起卷进了斜顶小屋。她的裙子和围巾被冻得硬邦邦的。她去井边打水的时候，井水随着风刮到了她的身上，湿衣服很快结了冰。她一次只能提少量的水去马棚，但因为有了冻冰的围巾遮盖，这次桶里的牛奶几乎都没有洒出去。

妈休息了一会儿，又要出去把柴火搬进屋。玛丽和罗兰恳求妈让她们去搬，可妈说："孩子们，这绝对不行，你们还小，不知道暴风雪有多么厉害，不过你们可以帮我开门。"

妈一趟接一趟地出入，直到柴火箱里和四周都堆满了柴火。她坐在炉火旁的椅子里休息，玛丽和罗兰赶快用拖把擦干了流到地板上的雪水。

"你们真是我的乖女儿。"妈说，她已经注意到在自己去马棚的这段时间里，姐妹俩把房子收拾得非常整洁。"现在，你们去学习吧。"妈说。

罗兰和玛丽坐下看书，但罗兰盯着书本一个字也看不进去，她听着屋外可怕的风声和喧闹的雪声，感到一阵阵的心慌。她尽量克制着不去想爸，突然，书上的字模糊成一片，一滴眼泪掉在纸上晕开了。

她很不好意思，为自己八岁了还哭鼻子感到羞愧。她担心玛丽会看到，便偷偷看了她一眼，只见玛丽紧闭着双眼，脸皱成一团，嘴唇不停地哆嗦着。

"孩子们，就学到这儿吧。"妈说，"我们今天开心地玩一天好不好？先玩什么呢？'墙角里的小猫'这个游戏怎么样？"

"哇！太棒了！"她们欢呼。

罗兰和玛丽、卡琳分别站在客厅的三个墙角里，屋子的第四个墙角被炉灶占着。妈站在屋子中央说："可怜的小猫要找一个墙角藏身。"

她们马上从自己的墙角跑出来，去占领别人的墙角，杰克也兴奋地跟在罗兰脚边一起跑。妈躲进了玛丽的墙角，玛丽成了无处藏身的小猫。然后罗兰被杰克绊倒了，也输了。卡琳边跑边笑，总是跑错墙角，不过她很快就学会该怎么玩了。

她们开心地跑着，笑着，叫着，最后跑得口渴了，坐下来休息。

妈说："我给你们讲个故事，把石板拿过来。"

"讲故事要石板做什么？"罗兰问。

"等着瞧吧。"妈说着在石板上画了起来，一边画一边开始讲故事，在森林深处，有一个池塘，长这样：⬭

池塘里有许多许多鱼，长这样：⬬

两个农夫住在池塘边，他们都没有盖房子，所以只能住在小帐篷里，帐篷长这样：⬬

他们经常去池塘捕鱼，踩出了两条小路，像这样：⬬

一个老爷爷和一个老奶奶住在离池塘不远的地方，他们的房子很小，还有一扇窗户，像这样：⬬

有一天，老奶奶去池塘提水，她手里拎着个水桶，像这样：

她看见池塘里的鱼全都像这样飞起来了：

她跑回家跟老爷爷说："鱼都从池塘飞走啦！"老爷爷把他的长鼻子伸出窗外看了一眼，说："哼！那些是蝌蚪呀。"

"那是小鸟！"卡琳大叫着，拍手大笑，然后从小凳子上滚到了地上。罗兰和玛丽也笑个不停，央求妈："妈，再讲一个吧，求你啦！"

"好吧，你们这些小淘气。"妈笑着又讲起了故事，"这是杰克用两块钱盖了一栋房子的故事。"

妈在木板上画满了图画，然后让玛丽和罗兰看，她们可以仔细多看一会儿。之后，妈问玛丽，能不能把故事讲出来。

"能！"玛丽说。

于是妈把石板擦干净，让玛丽把故事写在石板上。然后她招呼罗兰和卡琳："我给你们一个新的东西玩。"

妈给罗兰和卡琳一人一个顶针，让她们把顶针扣在窗户的白霜上，压出一个圆圆的圈。她们可以用顶针画出各种图案。

罗兰用圆圈组成了一棵圣诞树，上面有几只小鸟在飞。她又画了一幢大房子，烟囱还冒着一圈一圈的烟。她还画了个胖嘟嘟的男人和一个胖嘟嘟的女人。卡琳只会胡乱地压圈圈。

玛丽画完了故事，罗兰刚好画满了一扇窗户。这时，屋里的光线已经暗下来了，妈正对着她们微笑。

"我们光顾着玩，忘记吃午饭啦。"妈说，"现在快吃晚饭吧。"

"你晚上不去做杂活儿吗？"罗兰问。

"早上我给它们添的饲料够吃到明天了。"妈说，"也许明天的暴风雪能小一点儿吧。"

罗兰的心里马上难过起来，玛丽也红着眼睛低下了头。"我想爸了！"卡琳抽泣着说。

"嘘，卡琳。"妈说，卡琳安静了下来。

"爸肯定没事。"妈神态坚定地说。妈又点亮了油灯，不过这回没往窗台上放。"快点儿吃晚饭吧，吃完了马上去睡觉。"

第三十九章
漫长的一天

小木屋又在风雪的侵袭下摇晃了一夜，嘎吱嘎吱响个不停。第二天，暴风雪更厉害了。风的声音很急躁，让人胆战心惊，大雪打在窗户上，咔咔作响。就像冰粒在击打一样。

妈准备去马厩，她吩咐玛丽和罗兰自己吃早饭，小心炉火，照顾好卡琳，然后就冲进了暴风雪里。过了很久，她才回到屋里。新的一天又开始了。对她们来说，这是漫长而黑暗的一天。她们挤在炉灶旁，前面暖和，后背却觉得寒气逼人。卡琳非常烦躁，妈也笑得疲惫了。罗兰和玛丽拿着书本强迫自己学习，她们麻木地念着，却听不出自己念了什么。时间走得好慢好慢，这一天好像永远也过不到头。

最后，连昏暗的光线也消失了，黑夜又降临了。妈点燃了油灯，灯光映照着结满白霜的窗子。她们幻想着爸在家时其乐融融的场景，想着他那令人振奋的琴声和歌声。

"孩子们，我们不能一直这么坐着呀，一起玩钩线游戏好不好？"妈强打精神说。

全家人都意志消沉，就连杰克都没碰它的晚饭，只是趴在窝里叹着气。

玛丽和罗兰对视了一下，然后罗兰说："谢谢妈，还是算了吧，我们想睡觉了。"

罗兰和玛丽背靠着背蜷缩在冰冷的被窝里。房子在暴风雪中颤抖着，嘎吱嘎吱地摇晃。坚硬的冰雪粒噗噗地砸在屋顶上。罗兰把被子拉上来盖住了头，可那比狼嚎还可怕的暴风雪的声音让她无法入睡，冰冷的泪水顺着她的脸颊淌下来。

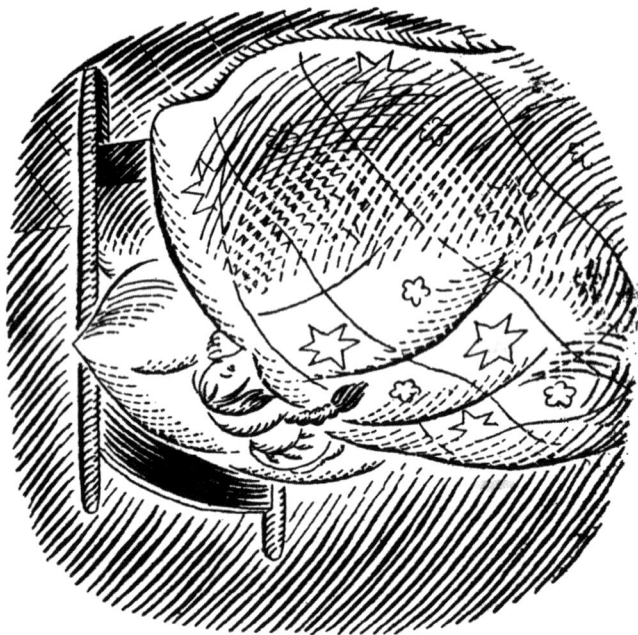

第四十章
爸回来了

早晨来临，风中那些古怪的声音消失了，只剩下持续不停的哀号声，房子也不再晃动了。炉火虽然烧得很旺，房间里依旧冷得像冰窖。

"气温又降了几度，越来越冷了。"妈说，"你们简单做一下家务就可以了。赶紧把自己裹严实了，带着卡琳到炉灶旁待着。"

妈从马棚回来后不久，朝东的窗户上透出了一丝黄色的光。罗兰对着玻璃呵气，把窗上的霜刮开一个孔向外看，屋子外面竟然阳光普照。

妈也往外看，接着玛丽也凑了上来。外面的积雪被吹到高空中，好像波浪一样起伏，澄澈的天空像一个巨大的冰块，亮晶晶的，大雪翻飞，空气寒冷刺骨。从窗户上的小孔射进来的阳光仍然透着寒意。罗兰忽然看到在飞舞的雪花中，一头毛茸茸的怪物正跌跌撞撞朝小屋走来，她觉得那应该是熊！不一会儿，那个庞然大物已经摇摇晃晃地来到门前，身子挡住了窗户。

"妈！"罗兰尖叫起来。门打开了，那个浑身是雪的怪物进来了，罗兰一下看到了爸的蓝眼睛！接着，爸的声音响起来："我不在的这几天，你们听话吗？"

妈扑过去猛地抱住了爸，罗兰、玛丽和卡琳也跑了过去，都喜极而泣。妈帮爸脱下毛皮大衣，抖落上面的雪花。爸把大衣丢在了地上。

"查尔斯！你都快冻僵了！"妈说。

"是啊！"爸说，"我得赶紧到炉边取暖，给我拿点儿吃的，卡洛琳，我现在饿得像一头狼。"

爸的脸消瘦得很明显，眼睛显得很大。他坐在炉火边，全身不停地哆嗦着。他说自己冷得要命，不过没有冻伤。妈飞快地把豆汤热好端给他。

"太好了，"爸说，"真暖和。"

妈帮爸脱掉冻得硬邦邦的靴子，把他的脚挪到炉灶边上烤。

"查尔斯，"妈盯着他问，"你有没有……你到底……"她脸上带着笑容，可嘴角却不停地抖。

"卡洛琳，我没事。"爸说，"我说过，一定会回来照顾你和孩子们的。你不用为我担心。"他把卡琳抱起来放在腿上，一手搂着罗兰，一手搂着玛丽。他问玛丽："玛丽，你怎么想的？"

"我相信你会回来的。"玛丽回答。

"真是我的乖孩子！罗兰，你怎么想？"

"我觉得你不会这么多天都和费奇先生在一起。"罗兰说，"我每时每刻都在祈祷。"

"一个大男人怎么会不回家呢？是不是，卡洛琳！"爸对妈说，"再给我盛碗豆子汤，我把这几天发生的一切给你们讲讲。"

爸喝完豆子汤，吃了几口面包，喝了杯冒着热气的茶，又歇了一会儿。粘在他头发和胡子上的雪渐渐融化，妈给他拿了一条毛巾擦干。爸握住妈的手，把她拉到身边，说："卡洛琳，你知道吗？这暴风雪可是极好的兆头，这预示着我们明年小麦将迎来大丰收啊！"

"查尔斯，你说的是真的吗？"妈问。

"明年这里不会闹蝗灾了。镇上的人说，只有炎热干燥的夏天和暖和少雪的冬天，才会引发蝗灾，今年的雪这么多，明年我们的收成就有保证了！"

"真是这样就好了，查尔斯。"妈轻声说道。

"是啊，他们在店铺里一直谈论这个，不过我该动身回家了，就没继续听。我刚要出发，费奇先生取来一件野牛皮大衣，问我喜不喜欢。这是别人便宜卖给他的，那人要坐车去东部，但没钱，只好拿大衣抵路费。费奇先生说可以给我算便宜些，只要十块钱。十块钱可不是个小数目，但我……"

"查尔斯，你终于买了件大衣，我真高兴。"妈笑着说。

"不过事实证明，我买下这件大衣真是英明之举，尽管当时我并没有意识到自己会这么幸运。主要是因为我到了镇上感觉要被冻僵了，寒风十分猛烈，温度太低了，哪怕是一只铜猴的鼻子也会被冻掉的。那件旧大衣完全无法抵御寒风。所以当费奇告诉我可以先把大衣穿走，等明年春天把动物毛皮卖了之后再把钱还上时，我毫不犹豫地就把这件野牛皮大衣套在了旧大衣外面。

"我刚出了镇子，就看到西北边飘来了一团乌云，看起来很小很远，我以为我能赶在暴风雪来临之前回到家里，所以就向家里狂奔，可还没跑到一半，暴风雪就劈头盖脸地从四面八方同时向我扑来，我根本看不清路。之前遇到的暴风雪都是从西北边吹来的，我只要让风吹着左边的脸，就可以断定走对了方向。但这次我连方向也无法分辨。

"虽然我几乎看不清，但我还是能保持笔直地向前走。我就一直向前走了大概两英里，但还是没走到小溪边，我就知道自己迷路了。但我没有别的选择，停下来就会被冻死，所以我只能继续走，一直走到暴风雪停止下来。

"于是，我铁了心跟暴风雪来一场较量。我在白茫茫的大地上，一直走啊走。耳边全是狂风刺耳的咆哮声，不知道你们有没有听到，在暴风雪里好像有什么东西在头顶上尖叫。"

"没错，我听到了！"罗兰说。

"我也听到了。"玛丽说。妈也点了点头。

"我们还看到了火球。"罗兰说。

"火球？"爸问。

"罗兰，你等会儿再说那个。"妈说，"查尔斯，你继续往下讲。后来怎么样呢？"

"我就继续往前走，"爸说，"直到白茫茫的大地变成了灰蒙蒙的，最后漆黑一片。我估计已经到了晚上，也就是说我走了至少四个小时了，但暴风雪每次都会持续三天三夜，所以我告诉自己还有很久的路要走。"

爸停了一会儿，妈说："那天夜里，我点了油灯放在窗台上，想给你指路。"

"可惜我没看到。"爸说，"我环顾四周，可一丝光亮都没有。我就摸着黑继续走，突然，脚下猛地一滑，顺着一个坑洞掉了下去，怎么也得有十英尺那么深。

"我不知道发生了什么，也想不出掉在哪里。咆哮的风就在头顶上响着，而我待的地方一丝风都没有。我四处摸索了一下，感觉周围都是高高的雪墙，有一面是泥土墙，墙的底部向后面倾斜。

"我这才明白自己是掉进了草原上一个干了的河沟里了。我爬到凹陷的泥土墙下面，背后和头顶抵着厚实干燥的泥土，我就像躲在洞里冬眠的熊一样舒服，完全不用担心会被冻死。更何况我还有野牛皮大衣保暖，于是我蜷缩在洞里睡着了，因为实在太累了。

"所以刚才我说，我真是庆幸自己买了那件皮大衣，还戴了有耳罩的暖和帽子，还多穿了一双厚袜子，卡洛琳。

"等我一觉醒来，风的咆哮声变弱了，可是我的面前堆满了积雪，我呼出的热气把雪融化了，可很快又结冰了。暴风雪把我掉下去时的洞口堵住了。头顶的积雪足有六英尺厚，不过这里空气还很充足。我伸展四肢，动一动手指和脚趾，又摸了摸鼻子和耳朵，确认自己没被冻僵。

"我能听到暴风雪的声音，于是我又睡了。卡洛琳，暴风雪继续了几天？"

"已经下了三天了。今天是第四天。"妈说。

"那你们知道今天是什么日子吗？"爸看着玛丽和罗兰问道。

"星期日？"玛丽猜。

"今天是圣诞节的前一天。"妈说。

罗兰和玛丽完全忘了圣诞节了。

"爸，那你是在洞里一直睡了好几天吗？"罗兰问。

"没有。"爸回答，"我睡了一会儿就被饿醒了，然后又继续睡，最后饿得再也睡不着了。我的野牛皮大衣口袋里放着一袋子牡蛎饼干，这本来是为圣诞节准备的，我抓了一把饼干吃掉了，然后在雪墙上掰下一块雪，把它含在嘴里化成水喝下去。然后，我就眼巴巴地等着暴风雪停息下来。

"卡洛琳，你知道我有多想你们吗？我想到你们肯定要冒着暴风雪去照顾牲口，心里非常难受。不过在暴风雪结束前，我根本无法回家。

"我等累了就又睡了一会儿，直到我再次被饿醒。我不得不吃光了牡蛎饼干，只是根本吃不饱，要知道这种饼干还没有我的拇指大呢。

"我一直等啊等，困了就睡觉。每当我醒了，就仔细听外面的动静。我听到头顶有微弱的暴风雪的声音，上面的积雪应该越来越厚了。好在洞里的空气还够，我身体的热量也还够。我不时活动一下让自己别被冻僵。

"但是我老是会饿醒。我实在太饿了，姑娘们，对不起，我把放在旧大衣口袋里的圣诞节糖果全都给吃掉了。我原本告诉自己绝不能这么做的，真抱歉。"

罗兰一把搂住了爸，喜悦地说："爸，我真高兴你能这么做！"

玛丽从另一边抱住爸，说："我也是！爸！你回来就是最好的礼物！"

爸搂着她们，全家人都开心地笑着。

"明年我们的庄稼肯定会有好收成，"爸说，"我保证你们不用等到圣诞节就能吃到很多糖果啦。"

"糖果好吃吗，爸？"罗兰问，"吃完你还饿吗？"

"糖果真好吃。"爸说，"吃完我很快就睡着了，大概又过了大约一天的时间。后来我突然就醒了，四周变得非常安静。

"我无法确定是因为上面的积雪太厚了，还是因为暴风雪停止了。但我什么也没有听到。

"于是我就像獾那样用手在雪里使劲儿刨，不久就在积雪中挖了一个洞爬到了上面。你们猜我在哪儿？

"我竟然就在梅溪边！就是我们捕鱼的那个地方啊，罗兰！"

"那个地方我透过窗户就能看到啊！"罗兰说。

"我也没想到啊，在那儿就能看到我们的房子。"爸说。原来在那段黑暗、漫长的日子里，爸竟然就近在咫尺！只可惜那晚的暴风雪太大了，那盏油灯发出的微弱灯光没能被爸看到。

"我的两只脚快要被冻僵了，还一直抽筋，我站都站不稳，"爸说，"可我看到家就在眼前，就算爬也得爬回来啊！现在，我终于跟你们团聚了！"他讲完了，把罗兰和玛丽紧紧搂在了怀里。

接着，他拿起那件野牛皮大衣，从一侧的口袋里掏出一个扁扁的方形铁皮罐头。他问："你们猜猜这里面装的是什么圣诞礼物？"

玛丽和罗兰都猜不到。

"是牡蛎！"爸说，"鲜美的牡蛎！我买回来的时候它冻得硬邦邦的，现在还是这样。卡洛琳，把它放到斜顶小屋去，这样可以冻到明天。"

罗兰伸手摸了摸这个罐头，冻得像一个冰疙瘩。

"我吃光了牡蛎饼干，吃光了圣诞节糖果。还好，我把牡蛎带回家了。"爸说。

第四十一章
平 安 夜

当天傍晚，爸很早就去马棚做杂务了。杰克时刻跟在他脚边，去马棚时，杰克也寸步不离地跟着，它担心又会见不到爸呢。

爸和杰克回来了，浑身是雪，冷得发抖。爸跺掉脚上的雪，脱下旧大衣和毡帽，挂到斜顶小屋门边的钉子上。"又刮起了西北风，"爸说，"今天晚上又会有一场暴风雪了。"

"查尔斯，"妈说，"只要有你在，多大的暴风雪我都不怕。"

爸坐到炉火边烤火，杰克舒服地趴在他的脚边。

"罗兰。"爸说，"帮我把小提琴盒拿过来，我好几天没给你们拉琴听了。"

罗兰赶快去取来了小提琴盒。爸调好琴弦，给琴弓抹上松脂，妈在准备晚饭，爸就在一边拉起小提琴。

　　噢，帅小伙查理，

　　真是个花花公子！

　　喜欢亲吻女孩子，

　　亲得称心如意！

208

我不稀罕你长了虫子的小麦，

也不需要你的燕麦，

赶紧给我一些好面粉，

我要给心爱的查理烤蛋糕！

这首歌的曲子很欢快，爸的歌声也很欢快，罗兰跟着节奏开心地跳舞，卡琳拍着手笑个不停。

接着，小提琴奏响了旋律甜美的《百合花谷》：

宁谧幽静的夜晚，

月光清凉如水，

洒遍河谷和山丘……

又一曲奏罢，玛丽、罗兰和卡琳还意犹未尽。爸看到妈还在炉灶边忙碌，突然改了小提琴的音调，他欢快地唱了起来：

> 玛丽把晚餐摆上桌，
> 摆上桌，摆上桌！
> 玛丽把晚餐摆上桌，
> 我们还要一壶热热的茶！

"爸，那我该做什么呢？"罗兰喊起来。这时，玛丽跑去帮妈摆放餐盘和茶杯。爸继续拉着琴往下唱，不过旋律和歌声渐渐降下来：

> 罗兰把盘子端下桌，
> 端下桌，端下桌！
> 罗兰把桌子收干净，
> 大家都吃饱啦！

罗兰明白了，晚饭后由她收拾餐桌，而晚饭前的准备就由玛丽来做。

屋外又响起了尖锐而恐怖的风声，暴风雪已经来了，雪花不断打在窗户上。不过，屋里灯光明亮，炉火温暖，小提琴在奏响。玛丽在餐桌旁忙碌，手中的盘子、杯子发出清脆的碰撞声。卡琳坐在摇椅里轻轻摇着。妈步伐轻快地穿梭在炉灶和餐桌间，她把一盆金黄色的烤豆子放在餐桌中央，然后又从烤箱里端出满满一盘金灿灿的玉米面包。烤豆子浓郁的香气和面包的香甜味弥漫在屋子的每个角落。

爸脸上洋溢着幸福的笑容，又唱了一曲：

> 我是海上骑兵队的队长，
>
> 我的战马要吃大豆和玉米，
>
> 我经常做些自己很难办到的事儿，
>
> 因为我是海上骑兵队的队长，
>
> 我的威名无人不知无人不晓！

罗兰开心地摸了摸杰克的脑袋，搔搔它毛茸茸的耳朵，然后给了它一个大大的拥抱。现在的一切多么美好啊！蝗虫走了，爸的小麦明年会大丰收。明天就是圣诞节了，还能吃到香喷喷的炖牡蛎。虽然没有礼物和糖果，可是圣诞节的饼干和糖果帮爸平安回了家，她简直高兴极了！

"开饭啦！"妈温柔地说道。

爸把小提琴收进琴盒，幸福地看着家里的每个人，蓝色的眼睛里闪烁着希望的光芒。

"卡洛琳，你看到了吗？"他说，"罗兰的眼睛真亮！"